4
一路煩花
illust. Tefco
U0551950
第三部
神祕主義至上！
為女王獻上膝蓋
Kneel for your queen
—風華—

Kneel for your queen
秦萬
20歲，身高約175公分。
父母離異，從小由外婆扶養長大。
高三休學失蹤一年，
看似凡事都漫不經心，
其實有不為人知的身分……？

程雋

身高：大約185公分
京城名家程家的三少爺。
智商過人，十六歲開始創業，
十七歲研究機器人，十八歲時去當小民警，
二十一歲當主刀醫生。

陸照影
身高：大約180公分
京城名家陸家的少爺，
時時跟在程雋身旁，是程雋的左右手。
將秦苒歸類為自己人。

Kneel for your queen
秦語
19歲，身高大約167公分。
秦苒的妹妹。
父母離異後跟著媽媽寧晴到林家，
從小學習小提琴，學業成績優秀。

Contents

Kneel for your queen

第一章　派系

京城老牌四大家族，最近多多少少都遇到了問題。

所有人都知道，有一方大勢力要清洗四大家族，以前的秦家就是一個典型的例子。

實際上，如今兩位老爺相繼離世，京城的人心就開始動搖了，現在又傳出一個驚天的消息——程家旗下所有醫院，器材跟一批救命藥物被扣押，旗下的股票也大幅下跌，連續兩天跌停，一片飄綠。

這個消息一出來，驚爆了整個京城。

誰能想到程家的支柱程老爺剛死，就出了這種事？

然而，除了徐家跟秦家、江家、陸家在背後支持程家，大部分人都準備看好戲。有風聲傳出有人要動四大家族，京城四大家族將改朝換代，這讓一些合資商紛紛拋售股票，誰也不想股票在這個時候變成廢紙。

但程家人一點也不慌張，讓一些人十分驚訝。尤其是程家二堂主，還飛去美洲一趟做生意，完全不像是程家要垮掉的樣子。

*

第一章　派系

京城的派系越來越明顯。

陸家——

因為唐均跟程雋的關係，陸照影這一脈在陸家有很大的影響力。

此時的陸家也在開緊急會議。

關於程家的消息已經不是祕密了，連內部的人都說貨物被扣押，能動程家的人，不是陸家這種小家族惹得起的，他們決定明哲保身。

陸照影推開門進去，拉開空著的位置坐下，一手摸著耳環，下巴抬起。

「作為陸家下一任繼承人，我的立場很簡單，陸家無論什麼時候都會支援程家，誰不願意，可以現在離開陸家一脈。」

「黃口小兒，你要帶著陸家一起沒落嗎？」

陸照影此話一出，就有人站起來，面色沉重。陸照影微微交疊雙腿，看著說話的人，笑容猛然斂起。

「三叔，不同意，可以退出。」

會議室陷入沉默。半晌，陸三叔站起來。

「退出就退出，我看你能帶著陸家走幾年！」

他站起來，摔門離開。

等他走後，陸照影看了看辦公室內的其他人，左邊的耳環在燈光下反射出冷芒。

「還有其他人要退出嗎？」

陸陸續續又有幾個人離開。

陸照影從頭到尾都大馬金刀地坐著，傳訊息給秦苒，詢問她現在程家有沒有事。

程溫如把消息瞞得很隱密，陸照影並不知道程家的事情。

此時的他，不過是明顯地選擇了要站在哪一邊，這一幕，在江家與其他家族也可能同時上演。

大部分家族都選擇不參與。

＊

聶家人等了兩天，都沒有等到程家人來求自己。

原本信誓旦旦的聶家接管人這幾天開始感到慌張，尤其是程雋那天的表現，他看向聶總。

「聶總，會不會出了問題？我讓人盯著程家人，他們沒有任何異常，今天還要照常開發表會。據程家內部的人說，貨物已經到了，程家畢竟是四大家族之一，我們……我們就不要強行讓程三少來幫老爺看病了吧。」

接管人有些害怕，要不是有明海，他們連見程溫如一面都難。程家現在的態度確實不在他們的預料之內……

聶總拿著茶杯，聞言，搖頭。

他自負地笑著說：「程溫如就是那種性格，不過是佯裝淡定，程家也只有一個程溫如能搬上檯面，其他的沒一個有用。明先生親自吩咐的，還會有假？等著吧，看程家今天如何收場。四大家族，也該換人當了。」

貨物到了？作什麼美夢？

說著，聶總按下遙控器。電視打開，正是聶總先前設定好的程溫如的直播。

畫面中，程溫如完全沒有聶總想像的落魄，反而精神奕奕，脊背挺得很直，氣勢極強，雍容大方。

『新型藥物已經發放到各縣市的醫院，後續……』

啪——

聶總手中的茶杯掉在地上，嘴邊的笑意瞬間凝固。

「聶……聶總？程家他們……」聶家接管人也感覺到不對勁了，他不禁打了寒顫，看向聶總。

聶總原本信誓旦旦的表情此時也無法維持下去，他的臉瞬間煞白，跌坐在椅子上，不敢置信地說：

「怎麼會這樣？那……那可是明先生跟非洲！」

程家要是有這樣的實力，怎麼會到現在都還沒打入美洲？

聶家接管人心裡早就不安，此時新聞印證了擔憂。

他抓著頭髮，「聶總，我之前就說過不要這樣逼迫程家，不要逼程三少，他可能不簡單，現在怎麼辦？要如何收場？」

今天這場發表會之後，聶家會徹底成為京城的飯後談資，要是明海之後接管了聶家那還好，要是不管，聶家就沒有存在的必要了。

不僅是聶家，這個發展也出乎京城其他勢力的意料之外，卻又什麼蛛絲馬跡都查不出來。

*

別墅——

程溫如開完發表會後直接過來這裡，最近她跟程饒瀚暫時放下干戈，一同處理程家的事情，一直疲於奔波的她，此時終於有了喘息的機會。

「苒苒。」程溫如看向秦苒，想起她聽到的消息，不由得瞇起眼，放下茶杯，「徐家那邊，是不是在準備正式接管儀式了？」

秦苒捧著茶杯，點頭，「明天。」

「這麼趕？」程溫如喝了口茶，眉頭擰起，她手指敲著桌子。

研究院的事情她也知道，徐老一死，肯定跟程家一樣群龍無首。秦苒在這個時候趕鴨子上架，要是沒有程老爺跟徐老爺同等舉足輕重的人物幫她鎮場……

「研究院那邊有異動了。」秦苒抬頭，眉眼極清，「徐管家選定的日子。」

程溫如點頭，沒再說話，只是用手指敲著桌子，想著自己有沒有身分足夠分量的人脈。思來想去，只想到兩個稍微有點資歷的人，不過都是醫學實驗室的。

「接管儀式上，徐家要請什麼客人嗎？」程溫如測過臉，看向秦苒。

秦苒的手頓了下，才道：「不知道，但我有兩個國外的朋友。」

程溫如一邊思考著自己的人脈，一邊看向程雋，微微沉思。

「三弟，你能不能把姜老跟博物館的館長請過來？」

聽到姜老，秦苒抬起頭。她記得程雋之前給她的字帖就是那位姜老的筆跡，如今她也學得有三分像了。

程雋坐在秦苒身側，腿上放著筆記型電腦，聞言：

「請他們？」

他略微抬頭，若有所思地說，似乎在認真考慮。

「不用！」秦苒仰頭，有些無力地看向程雋，「雋爺，求您，別請了。」

「為什麼不用？」程水往這邊走，看向秦苒，「秦小姐，妳得讓研究院那群人知道妳背後是有人的。」

秦苒伸手扶額，「我有客人了，好幾個。」

「客人？」程雋看了她一眼，挺意外的，這幾天發生了很多事情，兩人都沒有什麼實感，待在一起時也只是安靜地坐著，各自處理自己的事情。

今天才從秦苒口中聽到關於接管儀式的事。

「不能說是客人。」秦苒將頭往後靠了靠，「我乾爹。」

「乾爹？」這一句，不僅是程雋，程溫如、程水、程木都十分意外。

程雋幽幽地看了她一眼，也不看電腦了，不緊不慢地把電腦蓋上。

「苒姊，妳還有個乾爹？」

「我跟他也沒見過幾次，懂事時，外公就告訴我我有個乾爹。」秦苒說著，低頭看了看手機，手機上是巨鱷的訊息，她一邊看一邊回應，「他常年住在國外，這次也是第一次回來。」

「什麼時候會到？」程雋了解秦苒，看她的態度就知道她對這位乾爹很尊敬。

他端正神色，程溫如也暫時放下了研究院的事。

「乾爹是第一次來京城吧？三弟你要好好招待。」

「晚上到京城，有人會去接他，要見面，明天接管儀式就能看到。」秦苒搖頭。

「好。」程雋點頭，不再說要去接人的事。

秦苒握著手機，她想了想，還是站起來：「我先上去打個電話。」

程雋也低了低聲音，「去吧。」

秦苒去了樓上，打電話給巨鱷。

『兄弟，今晚出來喝酒嗎？』巨鱷一如既往地用不太標準的中文說：『何晨包場。』

「不了，明天有事。」秦苒坐到電腦前，「等我忙完，再去找你們。」

一二九的五個人還沒齊聚過。

『就是常寧說的那個研究院接管儀式是吧。』巨鱷顯然也聽說了，有些遺憾，『好，妳儘管使喚青林。』

兩人掛斷電話，巨鱷才看著何晨跟常寧。

「她有個儀式。」

常寧點頭，他端著酒杯，不太在意地說：「猜到了，研究院還有場大仗，徐老離世，對她影響有點大。」

「接管儀式？」巨鱷若有所思，「我兄弟她好像挺喜歡古玩的，我這次又帶了兩個好東西給她。」

上次之後，巨鱷又替秦苒搜羅了好多東西。

這次來京城他也帶過來了，只是一直沒有見到秦苒。

「我就不送禮了，」何晨交疊雙腿，又放下一個空酒瓶，「我剛給了她一份大禮。」

常寧看著兩個有備而來的人：「……你們跟著湊什麼熱鬧？」

巨鱷瞥他一眼，「非洲那倒賣集團的消息查到了沒有？」
「人家好好的一個地方巨頭被你說成倒賣？最近一次在非洲，你們兩個別打了。」常寧吃了口菜。
「你不如我兄弟有用，」巨鱷擰眉，雖然秦苒繼上次之後，就不幫他對付那個倒賣集團了，「我再自己去找她，順便把禮物給她。」
巨鱷吃完，詢問了青林秦苒現在的地址，得到回答就去找秦苒。

*

別墅——
程溫如在跟程雋討論秦苒跟研究院的事。
過了一陣子，程土從外面進來，「老大，我回來了！」
他依舊是滿臉絡腮鬍，手裡拿著一臺電腦，還跟程溫如打招呼。
「大小姐。」
因為前兩天發生的事，饒是程溫如，此時看到程土也忍不住站起來，略顯拘束。
「程土，貨物的事情謝謝你……」
「別拘束，都是自己人，他這次是跟著妳的貨物回來的。」程雋又把電腦打開，看了程溫如一眼，又指了指對面的沙發，對程土道：「先坐。」

程土直接坐下，「大小姐，別跟我客氣，一句話的事情。」

兩人剛說完，外面又有人進來。

是別墅的傭人，「雋爺，有人找秦小姐。」

秦苒在京城的朋友不少，現在正逢研究院的事，程雋本來就在跟程溫如討論研究院的事情，聽傭人這句話，略一思索，覺得來人很可能是徐家人。

「徐管家嗎？」程雋看向門外，也站起來。

這個別墅的人都是程雋的心腹，對幾大家族的人自然都認識。

聞言，搖頭，「不是，看起來像是外國人。」

「外國人？」

程雋一頓，他想了下秦苒那邊的事情。

程溫如現在除了思考明天秦苒的交接儀式，就是在想程土跟非洲的問題，想問程土到底是做什麼的，但又不好打探，只能看向門外。

「不是徐管家他們，那會是誰在這個時候過來？」

「不知道。」程雋伸手拿起茶杯，朝傭人開口，「請他進來。」

程雋此時也難以確定。

傭人點了點頭，直接出門。

程木站在程土身後，聽到傭人跟程雋的對話，整個人頓了一下，略微沉吟，身側的程水看他一眼，小聲詢問。

「怎麼了？」

「我在想，外國人，會不是那個烤肉的？畢竟程土剛找過他。」程木大膽猜測，「講個鬼故事，馬修……？」

來找秦苒的，程木就沒見過有哪個人是正常的。

程水顯然聽說過秦苒的壯舉，聽到程木這一句，他沒有立刻回答，也在思考這個可能性。畢竟在美洲，馬修抓了人還恭恭敬敬地把她送回來。

如果真的是馬修，那的確是個鬼故事。

聽著兩人的對話，坐在沙發上的程土看兩人一眼。

「程木，你是怎麼回事？這兩人來京城，你自己算算機率，他們找秦小姐幹嘛？」

程木僵著一張臉看了程土一眼，沒回答他，直接道：「我上去叫秦小姐下來。」

程溫如低頭喝了一口茶，聽著幾個人一口一個馬修的，說得輕鬆無比，她從頭到尾只聽懂了馬修的大名，不由得問了句。

「烤肉的是……」

「就是這次攔妳貨物的傭兵老大，他以前幫秦小姐烤過一次肉。」程水跟程溫如解釋，「實際上這次程土能這麼快就連絡到他，也是因為秦小姐有他的連絡方式。」

程溫如：「……」

程水這麼一說，她不僅覺得秦苒在她眼中的形象更高大了，還覺得程木的猜測也不無可能。

不會真的是那個傳說中的僱傭兵老大吧……

程溫如想著，放下茶杯看著門外。

「我去倒杯水。」

程土懶得跟這兩人說，傭兵老大正在非洲做大生意，不可能會在這個時候來。他直接拿著杯子去廚房倒水。

與此同時，傭人帶著一個高大的男人從門外進來。

男人長著一張充滿異域風情的臉，眸中略帶了點淺淺的藍色，五官極其分明，眉毛很濃，極具特色，一般人見過絕對不會忘。

手裡還拿著一個鑲金邊的精緻黑色盒子，臉上的表情很淡薄，只憑那一雙眼睛，就讓人覺得有些壓力。

「你們好，我找秦苒，她在嗎？」巨鱷朝四周看了看，沒看到秦苒。

程雋看著巨鱷，略頓了下才道：「還在樓上，馬上下來。」

樓上，聽程木說有人來找自己，秦苒也有些意外，她也想不到有誰會在這個時候來找她。

不會是楊老先生吧？

秦苒把外套披好，放下手邊的電腦，跟程木一起下去。程木快步跟在秦苒後面。

剛下樓，秦苒就對上了巨鱷正好看向樓上的目光。

秦苒：「……你怎麼過來了？」

秦苒伸手，按了下太陽穴。

「問一件事，順便祝賀妳。」

巨鱷在現實中比在網路上高冷，言簡意賅地說。

秦苒仰了仰頭，轉身朝程雋他們介紹。

「這是樓月，我的網友。」

程溫如若有所思地看著巨鱷，想起之前在美洲那家難喝的咖啡廳匆匆見過巨鱷一面。

她記性不錯，再加上巨鱷長得太有異域風情，當下就想起來了，她緩緩地微笑。

「原來你是苒苒的朋友！」

巨鱷不記得程溫如，不過既然是能叫秦苒綽號的人，他還是很有禮貌地向程溫如點頭示意。

程雋朝巨鱷伸手，清眉微挑，嗓音極其緩慢。

「樓先生，久仰。」

巨鱷看他一眼，「彼此。」

兩人之間似乎瀰漫起硝煙。

秦苒略顯頭疼地看了下巨鱷。巨鱷來找自己，肯定不是為了什麼正事，她看了眼程雋。

「我帶他上去聊。」

程雋點頭，「去吧。」

兩人一起去樓上，跟著秦苒身後下樓的程木瞅了巨鱷好幾眼。

不是他熟悉的傭兵老大，也不是上次送他們回國的馬修。程木略顯失望，竟然跟他預料的不一樣，看來是真的網友。

他略微嘆氣。

程土端著一杯水從廚房出來，只看到樓梯上的一個背影，看起來有點眼熟，但他沒有在意，只瞥了程木一眼，挑眉，似笑非笑地說：

「怎麼，是雇傭兵老大嗎？還是馬修？」

程木沒開口。

程水笑了笑，「好像是秦小姐的網友。」

程土本來想說那人的背影挺眼熟的，不過聽到程水這句話，他就沒說出口了。

＊

樓上——

秦苒把巨鱷帶到書房，接過巨鱷手中的禮盒，才看向他。

「你怎麼這個時候來找我？」

「就上次的事情。」巨鱷看了秦苒一眼。

「那個真的不行。」

這邊程土求她，那邊巨鱷也求她，這也太兩難了。

他們之間有利益關係牽扯，背後涉及的團隊勢力都很大。秦苒不想干涉這其中的交易跟博弈，不過對上程火的攻擊，巨鱷這邊確實找不到什麼人，她想了想。

「這樣吧，我幫你找個人，電腦技術絕對不差。」

「好吧。」

巨鱷雖然遺憾，不過能讓秦苒說出電腦技術絕對不差的，肯定不是什麼簡單的人，他勉強同意了。

「京城的局勢我跟常寧老大幫妳分析了一下，青林妳繼續用，我最近不會回去。」巨鱷坐在空著的椅子上，「還有，徐世影的死，有其他原因……」

「我知道。」秦苒把玩著禮盒，還是上次那種機關盒，她沒抬頭，「我還在思考。」

「妳清楚就好。」巨鱷沒再多話。

兩人又聊了幾句，秦苒才看著巨鱷，「你……算了，我們下樓。」

她本來想叫巨鱷從二樓跳下去，但想想還是算了。

「妳找的是駭客聯盟的人？」巨鱷記得秦苒雖然不是駭客聯盟的人，但跟駭客聯盟有點關係。

「是。」秦苒打開門，跟巨鱷一起往樓下走，「參加過兩次黑帽大會，能幫上你的忙。」

沙發上，程土還在跟程溫如等人聊天，聽到樓梯上的淺淺聲響，他喝了口水，隨意地朝樓梯上看了一眼。

「咳咳……」

一口水沒喝下去，直接把自己嗆到了。

「你沒事吧？」程木放下遊戲機，看他一眼。

程土抬頭，面無表情地說：「那就是秦小姐的網友？」

「是啊，是樓先生，之前在美洲跟秦苒見過面。」程土的動作太大，連程溫如都朝他這邊看過來，「怎麼了？」

一聽到這句話，程土就沒再說話了。

先前，程土從廚房出來，看到樓上的背影就覺得眼熟，但聽程木說那是秦苒的網友，他就沒有再懷疑。

畢竟巨鱷這種人看起來高冷得要命，不像是會上網的人。

巨鱷比較神祕，一二九把他的資料藏得很好，但程土跟巨鱷交鋒過這麼多次，也算是對手，怎麼會不知道巨鱷的長相？

此刻看到秦苒身邊的高大男人，程土猛地站起來。

他的動作反應太大，巨鱷跟秦苒說了一句，視線也朝這邊看過來，一眼就看到站起來的程木。

巨鱷眯起眼，警惕地看向程土。

「你怎麼會在這裡？」

程土似乎咬了咬牙，抹了一把臉。

「你就是秦小姐的網友？」

巨鱷不知道秦苒是這樣跟其他人介紹自己的。

不過說是網友，倒也沒有錯。

他腦子轉得很快，之前一直不懂為什麼秦苒拒絕幫他，現在……終於知道了。

他跟程土面面相覷，雙方都沒有說話。巨鱷身側的秦苒也咳了一聲，她看向巨鱷。

「你先走吧。」

「好。」巨鱷頓了頓，也沒拒絕，跟大廳裡的人禮貌地打了聲招呼就離開了，程木還非常有禮貌地去送人。

「程土？」

巨鱷走了，但大廳裡的其他人還沒反應過來，程水看了程土一眼。不僅是程水，程溫如也對程土的反應感到奇怪，她看了看程土，腿微微交疊，略顯疑惑。

「你認識樓先生？」

「我的死對頭，巨鱷，妳說我會不認識他嗎？」程土捏了捏手指。

程木把巨鱷送出去，回來就聽到這句話，他腳步頓住，然後看向程雋。

「老大，我出去一趟。」

程雋的電腦還放在腿上，修長乾淨的指尖敲著鍵盤，沒抬頭，不緊不慢地說：「去吧，別鬧事。」

程土應了一聲，沒再多說，直接出門。

大廳內，沒有人說話，大概過了一分鐘，程溫如才幽幽地開口。

「程水，剛剛程土他說什麼？我懷疑我耳朵出問題了。」

「他說樓月是巨鱷。」程雋抬頭，看了秦苒一眼，才朝程溫如說了一句。

「原來他就是巨鱷，一二九的那個五大元老之一，還挺年輕的。」

程溫如把茶杯裡剩下的茶全都喝了下去，說完這一句便沉默不語，在她身邊的程水也面無表情。

全場除了秦苒跟程雋，只有程木看起來淡定一點。他有些恍惚，難怪他覺得不對勁，從他認識秦苒到現在，就沒見過秦苒身邊出現過正常人。

秦小姐果然還是沒讓他失望。

「原來是巨鱷。」

程木的聲音挺平淡的，平淡到讓程漚如、程金、程水都忍不住看向程木——

你是怎麼做到這麼冷靜地說出這句話的？

程木說完，還朝秦苒看過去，看起來有點傻。

「秦小姐，妳怎麼會跟巨鱷是網友？巨鱷的朋友不應該是一二九元老那種人嗎？」

聽到程木這麼說，程雋敲鍵盤的手一頓，他抬頭也看向秦苒，眸中的清色像是沖淡的霧氣。

身邊的程漚如等人也看向秦苒，等待她的回答。

「就以前幫過他一次，隱藏了他的ＩＤ，」秦苒瞇眼，語氣有些含糊，「我先上去了，明天儀式上還有流程要走。」

「喔。」程木點頭，「原來巨鱷也會上網。」

楊非他能理解，巨鱷……這種大人物也會上網嗎？

大廳裡的其他人沒再說什麼，沉默得很，連程雋好像也在思考著什麼。

半晌，程漚如吐出一口氣，「難怪上次巨鱷他會接我的單，是因為苒苒的關係吧？」

她就覺得奇怪，一二九五個元老之一的巨鱷怎麼會接她的單子。

不過，那可是巨鱷，一二九的巨鱷，程漚如還是覺得有些恍惚，程雋跟程土他們就算了，秦苒怎麼會跟巨鱷認識？

秦苒給程溫如的驚喜太大了，比起京城人人都知道的歐陽薇……若是換成歐陽薇，這件事早就人盡皆知了吧。

第二章　反轉來得就是這麼快

第二天，是秦苒繼承研究院的儀式。

她起得很早。

因為掛心著秦苒今天的儀式，程溫如昨天晚上沒有回去。

「秦小姐，妳要是把巨鱷請過來。」早餐桌上，程木吃了口麵包，「我保證研究院的那行人一句話都不敢說。」

「太誇張了。」程雋喝了杯水，淡淡地開口：「巨鱷他不適合出席。」

他要真的光明正大地出現了，京城恐怕會炸開。

巨鱷身分敏感，行蹤一向都隱藏得很好，出現在這種場合沒意義。

「好吧。」程木點頭略顯遺憾，又看向秦苒，「秦小姐，妳跟巨鱷那麼熟，那他有沒有說過一二九內部的事情？那個孤狼到底是男的還是女的？他們那群大人物每天都在幹嘛……」

「喝酒。」秦苒忽然開口。

程木：「……？」

「我說，他們每天應該都在喝酒。」秦苒重新回答了一遍。

吃完飯，一行人都到了研究院。

今天研究院全面開放，秦苒到的時候，徐管家跟徐搖光早就來了，交接儀式就辦在大禮堂。

「秦小姐，這是時間表。」

徐管家向程雋等人打了招呼，才拿出一份時間表遞給秦苒，秦苒看了看，儀式九點開始，那段時間她要跟方震博交接方印。

徐世影死後，研究院的方印暫時交給了方震博處理。

看著秦苒低頭看時間表，徐管家說：「秦小姐，今天這場交接儀式可能不會太和平，我們徐家……妳如果退出，我們也能理解。」

秦苒漫不經心地「嗯」了一聲。

徐家長老也鄭重地開口，「老爺死了，沒人幫妳鎮場，到時發生的意外肯定很多，研究院的管理階層大部分是些見風使舵的人，但是我們徐家只會支持妳。」

徐家最近也發生不少混亂，雖然影響不大，不過想穩住秦苒這個負責人的位置……也難。

「放心。」秦苒伸手拍拍那位長老的肩膀，不太在意地回道。

徐管家點點頭，不得不承認，徐老的眼光很好。

「對了，秦小姐，您說的那幾位客人他們到了嗎？禮賓那邊沒有接待到。」

秦苒看了看手機上的時間，「不用管他們，他們就是來看熱鬧的。」
楊老先生肯定不會那麼早到。
「好。」徐管家點頭，「我跟其他人說一聲。」
交接儀式即將開始。
今天這場交接儀式，來的人不少。研究院的管理高層跟徐家管理階層的人物全都到了，京城最近幾天發生的事情太多，聶家跟幾個家族忽然冒出來，派系越發分明。
九點，接管儀式開始。徐管家站在最前方的講臺上，說了幾句場面話，才開口請秦苒跟方震博出來。
「請方院長頒方印給秦小姐。」徐管家退到一邊。
秦苒兩隻手垂在兩邊，她看了穿著長衫的方震博一眼，垂下纖長的睫毛，還算有禮貌地開口。
「方院長。」
方震博沒理會秦苒，他聲音一如既往地有些嘶啞，手上沒拿方印，只是看向徐管家。
「徐管家，秦苒同學年紀太小，無法擔此重任，我跟研究院各位管理的決定是讓我代管。」
徐管家面色一變，他原以為方震博至少會做做表面功夫，沒想到他這麼直接。

徐老跟程老在世，程雋還是程三少的時候，方震博還會有所顧忌，現在他是連裝都不裝了。

「三弟。」程溫如坐在大禮堂的第一排位子上，擰著眉頭對程雋道，「我讓你請的人，你請了嗎？」

程雋只看著秦苒的方向：「嗯。」

程溫如點點頭，面上一片凝重，「但是不夠，方震博明顯不怕，就是欺負苒苒。」

程雋手指敲著椅子的扶手，臉上沒什麼表情，一雙眼眸極黑。

講臺上，徐管家的臉色也不好，他忍著怒氣。

「方院長，那您覺得什麼時候合適？」

「等秦苒同學到達研究員一級，當然會移交方印給她。」方震博不卑不亢地說，「您看徐家現在的情況，秦苒同學也管不好研究院，你說她能管得了誰？」

這一句，讓徐管家、徐家還有程溫如等人都氣得臉青脖子紅。

要成為研究員一級是需要資歷的，沒有幾年的時間不可能那麼容易達到。可是幾年後，誰知道研究院會是誰的天下？

方震博看著秦苒，笑了笑，「不信妳問問底下的研究院管理人？這是他們的連署。」

他伸手，從口袋裡拿出了一堆紙攤開。

臺下的各大家族代表人對此並不詫異。如今徐家跟程家不齊，秦苒背後嚴格來說唯有一個秦家，方震博會發難一點也不奇怪。
徐管家抿唇，他看了看臺上第二排的研究院管理階層一眼，他們全都低下了頭，不敢與徐管家對視。
方震博身側的秦苒把他手裡的紙接過來，看了看，然後隨手撕成兩半，眸色低斂，動作一如往常的囂張。
方震博抬頭，不敢置信：「妳敢！」
秦苒看向方震博，似笑非笑地說，「你不會以為徐老師死了，我就會向你妥協吧？」
「不，我看妳是不想在研究院待下去了。」方震博笑了笑。
就是這個時候，大門口傳來一道渾厚的聲音，「好熱鬧。」
聲音出現得太過突兀，所有人都看向大門口的方向。
門口有幾人緩緩朝這邊走過來，走在中間的是一位穿著灰色外套的男人，年紀約莫六十，一頭平頭微微泛白，一雙眼睛寒光畢露。
他左邊是一道修長的身影，十分年輕，穿著乾淨的白色毛衣，頭上還戴著一頂黑色的帽子，頭微微低著。
一進大門，他就拿下頭頂的帽子，朝最前方看過去。站在右邊的一位中年男人冷著一張臉，可能是因為人多，鋒利的眉宇間還夾雜著幾分不耐煩。
「陸先生？」

秦家的代表一眼就認出了右邊那人是陸知行，連忙站起來。

陸知行作為雲光財團的核心製作人之一，在圈內跟圈外都很知名。

他的採訪照片、影片雖然不多，但雲光財團入駐京城，不少勢力都特別關注了陸知行，就算那些老總家的主人認不出來，他們身邊的助理祕書也認得。

「陸先生，您也來了。」雲光財團手握亞洲ＩＴ跟飯店兩條命脈，大部分跟陸知行有過接觸的人都紛紛打招呼，才看向陸知行身邊的老人，「這位是……」

「楊老先生。」

陸知行的話不多，只稍微側頭，介紹了一句。

此話一出，圍在身側的人面色一變，連忙開口問好：「竟然是楊老先生。」

雲光財團的創始人，不就姓楊嗎？只是道上傳言楊家背後那位一直待在國外，神龍見首不見尾，誰能想到會出現在這樣的地方？

不過這並不妨礙京城這些大小家族擁護他，比起研究院跟徐家的事，楊老先生公開出現在京城，這才是真正的大新聞。

雲光財團，五大巨頭占據其二，跺跺腳都能讓整個ＩＴ界震上一震。

連程溫如都暫時放下了方震博那邊，看著楊老先生的方向，眉頭緊鎖。

「雲光財團到底是什麼意思……連楊老先生都回國了？」

「確實可疑。」程水略微沉吟，他看向程雋，「老大，秦小姐有沒有提過這件事？」

他知道秦苒是雲光財團內部的人。
程雋的手揹在身後，搖頭，然後轉身看秦苒的方向。
現場的交接儀式不得不暫停，徐管家看到方震博也下去找楊老先生了，他連忙停住，看向秦苒。
「秦小姐，這楊老先生應該是雲光財團的人，我們雖然不接觸IT，但方震博明顯是要拉攏他，我也去接待一下。」
畢竟，今天徐家才是主場。
秦苒也隨著徐管家下來，沒跟管家一起去見楊老先生，只是朝程雋這邊走。
「這方震博，」程雋靠近秦苒，聲音很輕，大概只有兩人能聽到，「我幫妳解決了？」
清冽的氣息充斥在耳邊，秦苒心中微微的不耐煩與戾氣消散了一點，她搖搖頭。
「不用，不過……這方震博背後有人。」不然他不敢這麼明目張膽。
程雋耐心地聽著，聞言，他頷首，語氣淺淡地說：「肯定有人，這件事妳不用管。」
聽起來像是知道背後那人是誰似的，秦苒隨意地點頭。
「喔。」沒有任何懷疑的應聲，也不問為什麼。
程雋也沒再解釋，只伸手緊緊握住她的右手，非常鄭重地說了兩個字。
「放心。」
「苒苒，那個方院長接近雲光財團一定是不懷好意。」程溫如收回看向楊老先生那邊的目光，伸手拍拍秦苒的肩膀，表情嚴肅：「我跟陸先生也有合作案，帶妳去見他！」

「不了。」秦苒看著方震博拿著酒杯去找楊老先生，眼眸微微瞇著。

她離開座位，去長桌邊替程溫如拿了杯酒。

「程姊姊，妳先喝酒。」

秦苒準備等一下找個沒人的地點單獨見楊老先生。雖然她名義上是楊老先生的義女，但……

她跟楊老先生真的不是很熟。

＊

不遠處，方震博拿著酒杯，跟研究院一行人要去找楊老先生。

「方院長，你看徐管家也去找楊家人了。」方震博的助理小聲開口。

「沒用。」方震博淡淡開口，「徐家跟雲光財團根本沒有來往，不用管他們，我們去跟楊老先生打個招呼。」

聞言，方震博的助理向研究院其他人點頭，一行人朝楊老先生那邊走過去。

看著這兩人聊得挺開心的，一旁準備接待楊老先生的徐管家面色更沉重了。

「徐管家，這下……」徐管家身側的長老看到秦苒跟程溫如走過來，喃喃地開口，「這位楊老先生怎麼會看中方震博？現在這局面，秦小姐今天這場交接儀式可能不會順利……」

「你是京城物理研究院的院長？我前幾天剛跟美洲研究院那邊研究過，你們京城研究院最近風頭正盛。」楊老先生看著方院長，笑得非常溫潤。

方震博自己也沒有想到，這麼多人，楊老先生竟然會跟自己說話。

他連忙彎腰，有些受寵若驚地說：「是的，沒想到楊老先生您還關注物理界的事情。」

「我的義女跑去學物理了，我這做父親的，自然要多看看。」楊老先生一邊說著，一邊朝人群看過去，笑著招招手，「快過來，躲在人群裡幹什麼。」

「您義女？」臉上掛著笑容的方震博一愣，然後朝楊老先生說的方向看過去，試探著道：「您的義女是誰？」

楊老先生看的那個方向人挺多，是坐賓席，男女老少都有。

方震博依照楊老先生的年紀，沒推測出來他說的是那一位。

「說起來她在物理界還是個新星。」楊老先生依舊笑著，朝秦苒那邊揮了揮手，聲音中氣十足，「苒苒，過來。」

他聲音很大，楊老先生說話的時候，其他人也不太敢說話，聲音清清楚楚。

若是叫其他名字，在場的人或許還真不知道，但秦苒……最近是京城的熱門人物，一聽「苒苒」兩個字，所有人都朝秦苒的方向看過去。

一邊喝酒，一邊思量著什麼的程溫如，僵硬地抬頭看著秦苒。

心裡有一萬句的髒話，卻不知從何說起。

秦苒一手拿著果汁一手拿著手機，跟程雋說話的同時，似乎還在跟人傳訊息。

聽到楊老先生的話，她有些茫然地抬頭。

程雋在她身邊，拿著水杯的手也頓了下，一雙眼睛漆黑深邃。

全場的目光都朝這邊看過來，程雋臉上的情緒沒有明顯的變化，一雙清潤的眼睛看向秦苒，似乎低聲笑了。

「苒姊，叫妳呢。」

他伸手，不緊不慢地接過秦苒手中的果汁，輕輕嘆了氣。

「難怪妳說不用去接妳乾爹，去吧。」

「不是。」聽到程雋這一句，秦苒沒馬上走，只轉了轉手中的手機，微微側頭看他，這個角度能看清他眉眼清雋的輪廓，「……我跟他們交集不多。」

程雋挑了下眉，「回去再說。」

「啊。」秦苒摸了摸耳朵，好煩。

*

看著秦苒慢慢走過來，方震博瞳孔驟縮。

楊老先生口中的那個義女……是秦苒？

這是什麼天方夜譚？

方震博猛然轉身，看向楊老先生，「楊老先生，您說的……」

「就是秦苒。」楊老先生笑著看向方震博，「我的義女，也是你們研究院的人。」

方震博完全慌了。

秦苒怎麼會跟雲光財團有關係？為什麼京城半點消息也沒有？

方震博的腦子裡有無數片段閃過，他雖然將大部分的精力都放在研究院，但對京城的局勢也有關注。

程家、徐家、秦家、歐陽家……這些家族的大事他都略有耳聞，方震博能到達如今這個地位，他的頭腦當然也很好，瞬間就把這些事連結在一起。

難怪秦漢秋能絕地反擊，拿到雲光財團核心的合資案，贏過秦四爺；難怪連歐陽薇都略輸秦苒一籌；難怪徐老爺死後，徐家還有一批勢力駐紮；難怪程雋失勢，兩人卻一點都不擔憂。

既然秦苒是雲光財團楊老先生的義女，那這一切就說得通了！

「我聽說，苒苒她要接研究院的方印。」楊老先生笑意不變，轉向方震博，「她年紀小，可能還需要你多多照顧。」

方震博僵硬地扯了扯嘴角。

楊老先生都說話了，他還敢再說什麼？

程老爺跟徐老爺不在，他手握研究院的重權，可以不怕徐家跟程家，但不代表他不怕楊老先生跟雲光財團。

秦苒是楊老先生的乾女兒，很少出現在公眾面前的他忽然出現，使方震博猜測秦苒在楊老先生這裡很重要。

今天這件事不說清楚，方震博怕……雲光財團不會放過他。

他看著楊老先生，半晌才嘶啞著聲音說：

「楊老先生，可否借一步說話？」

「去那邊。」

楊老先生挑眉，他跟秦苒說了一句，才指了個沒人的方向。

「您應該知道，背後沒人我不敢這麼做。」方震博頓了頓，才開口，「實際上我背後的人是明海先生。」

楊老先生安靜地聽著，臉上神色如常：「嗯。」

「這方印我會給秦苒。」方震博就算不甘，這個時候也不敢再打什麼主意。

京城任誰都覺得秦苒、程雋兩人現在只能任人宰割，誰知走到絕境又跳出一個雲光財團。

兩人聊了一段時間，等回到原地，方震博一反剛開始盛氣凌人的樣子，把手中的方印遞給秦苒。
「秦苒同學，以後研究院的興盛榮衰都要靠妳了。」
現場人很多，大部分的人都不動聲色地看著這一幕。
秦苒接過方印，低頭看了看，是銀色的小方印。
「謝謝。」她將方印一握，眼睫垂下，語氣淡漠地道謝。
方震博深深地看了秦苒一眼，打從他一開始知道秦苒是誰的時候，就知道她不會太簡單，才會從各方面壓制她成長。
很可惜，徐老的計畫太周密了，以至於他在防備秦苒成為一級研究員的徒弟時，她直接成為了研究院的下一任負責人。
秦苒沒有多在意方震博的表情，她拿好方印，又滑著手機，傳了一則訊息給常寧。
『撤回。』
常寧那邊先傳了一個問號，然後又傳了句號。
『好。』
秦苒低眸，她看了看手機，原本她對今天要拿下方印另有計畫，沒想到楊老先生會幫她。
她拿著手機，若有所思。
「秦神。」楊非見事情結束，終於湊過來，努力用平靜的語氣說，「聽說妳很快就忙完了，忙完之後，妳還會打九州遊嗎？」

秦苒也有些恍惚，這段日子都沒有跟林思然他們一起打遊戲。知道她忙，陸照影跟林思然也不會每天騷擾她。

忽然提起遊戲，秦苒有種恍然隔世之感。

「打啊。」她將手插進口袋裡，偏頭看向楊非，「等我忙完，就跟你們打。」

「好！」楊非臉上多了些笑意，他往下壓了壓帽子，「那我們等妳。」

秦苒對他比了個「ＯＫ」的手勢。

「楊非，你做點正事吧，別一心只想打遊戲。」楊老先生數落了楊非一句，才和秦苒道，「那邊是程家人？」

秦苒頷首，拿著小方印若無其事地回去，楊老先生跟她一起。

「楊老，您好，我是程雋。」程雋一直注意著秦苒這邊，看到楊老先生過來，他把酒杯放下，謙謙有禮，不見絲毫落魄的樣子，風神俊朗，矜貴清華。

「程家三少爺。」楊老先生看著程雋，笑得意味深長，「果然年少有為。」

程雋抬手，只稍微側過眼，「我已經不是程家三少爺了。」

交接儀式的流程不少，來找楊老先生說話的人更是絡繹不絕。

這場交接儀式結束後，楊老先生要去巡視總部，他站在研究院大門前看了看秦苒。

「妳要回去看看嗎？陸知行說妳好幾個月沒回總部了。」

秦苒搖頭，聲音挺平淡的，「等下次。」

她該處理好的事情早就告訴陸知行了。

楊老先生聞言，也沒說什麼，帶著楊非一行人離開。

「秦神，我們等妳回來。」楊非關車門前，還朝秦苒揮了揮手。

砰——車門被關上。

「那我們也回去了。」

程雋盯著那輛車看了好一陣子，才把目光轉向程溫如跟徐管家等人。

程溫如一直盯著秦苒，程雋說話的時候，她才「嗯」了一聲。

「開慢一點。」

等秦苒跟程雋走了，程溫如這一行人還在門口站著思考人生。

程溫如剛剛喝了酒，沒辦法開車，她還找了兩個貴客來給秦苒撐場面，自然不如程雋走得那麼瀟灑。

半晌，徐管家才找回了自己的聲音。

「我得告訴他們這個好消息，秦小姐接到方印了。」

話是這樣說，但徐管家還是沒有動作，他不是程木，程木是經歷過太多了，才那麼淡定。

好幾天前，秦苒就跟他說過會多來幾個客人，徐管家怎麼也沒想到，這客人會是楊老先生等人。

「我記得秦小姐……以前是住在寧海鎮吧？」徐管家看向程溫如。

雲光財團之前在國內連總部都沒有，秦苒怎麼會跟楊老先生扯上關係？

程溫如看了眼徐管家，不禁頓了一下。要是再說一句巨鱷還是秦苒的朋友，徐管家的心臟不知道能不能承受住？

「大小姐？」

看著程溫如的目光，徐管家不由得叫了她一聲。

程溫如回過神來，她搖搖頭，本來想學程雋問問徐管家的心臟好不好，但又想起了程老爺，程溫如的情緒又變得低落，她看著身後湊上來的一眾家族企業負責人，輕聲開口。

「徐管家，看來你又要開始忙碌了。」

這些人自徐老爺死後，就幾乎避開了徐家，與最近崛起的瞿家交好，誰知道今天又發生了秦苒這件事。徐管家感慨萬千地從容應對。

「若是老爺在天有靈，可能都想不到。」徐管家累了一天，他坐到車子上，眸光悠遠，喃喃開口：「他一直計劃著替秦小姐鋪路，誰知道現在是徐家靠著秦小姐。」

徐管家感嘆道，他身側的長老也點頭。

「楊老先生讓秦小姐去總部看看。我早有聽說雲光財團管理嚴格，你說秦小姐她是不是雲光財團的……」

除了財團的高層，長老想不透為什麼楊老先生會讓秦苒去巡查總部。

但……

想到這裡，長老又自己搖了搖頭，「我在亂想什麼。」

＊

秦苒回到別墅，就跟程雋一起去了樓上書房。

「他們沒事吧？」

程金沒有和程水一起去，不知道發生了什麼事情，只看了眼書房。

程水若有所思地搖頭，眼神複雜，然後又說：

「怕是出了什麼事。」

很少看到程水這麼鄭重的樣子，程金跟程木都湊過來，程金把手裡的電腦放下。

「研究院出問題了？我去搞定。」

「倒也不是。」程水搖頭，目光飄遠，「就是看到了秦小姐她乾爹。」

「秦小姐乾爹？」程金點點頭，收回緊張的情緒，「看你這個反應，應該不是什麼普通人，說吧，他是誰，總不可能還是巨鱷。」

一個巨鱷，他覺得自己的承受能力已經夠強了。

程水「喔」了一聲，才不輕不重地開口。

「雲光財團那位楊老先生。」

程金：「……」

他面無表情地伸手，擦乾不小心噴到電腦螢幕上的水。

幾個人瞬間無言。

*

樓上，書房——

秦苒等著程雋審問她楊老先生的事。

「問。」她用腳踢了書房的門。

拖開程雋對面的椅子，坐下時頗有大馬金刀的氣勢。下巴抬起，挺酷地只說一個字，大概是不想多做掙扎。

程雋拿了一枝筆，手閒散地放在書桌上，氣定神閑地看向秦苒。

「妳連絡小姨了嗎？」

秦苒還等著他問楊老先生的事，已經準備好把一切說出來了，誰知道他突然提起寧薇。

「還沒，我等忙完徐家的事，就去雲城接她，小姨她性格比較固執，要說服她來京城不容易。」

秦苒已經決定好要跟小姨抗戰了，她手指敲著桌子。

程雋嘴角勾起，看著秦苒，「好，我在京城等妳回來。」

秦苒聽到這裡，忽然抬頭，對上他的眼睛，敲著桌子的手指一頓。

「你留在京城？」

「嗯，總得有人鎮住局面。」程雋放下手中的筆，撐著桌子站起來，看著秦苒，眉目舒展開來。

他看著秦苒似乎在思考的樣子，不由得笑了笑，他往外走了兩步，雙手撐著椅子兩邊的扶手，微微傾下身，腦袋抵著她的額頭，看著她的眼睛，輕笑了聲。

「妳去好好把小姨接回來。」

*

因為要回雲城，秦苒這幾天忙著處理研究院跟徐家的事情，即便有程雋幫忙，她最近幾天能休息的時間依然很少。

她跟楊老先生的關係已經在圈子內傳開來，這個圈子裡的祕密向來不是祕密，金字塔稍微往上一點的都知道這件事。

京城的格局又因此改變了。

搖搖欲墜的程家跟徐家不僅穩住了，還跟美洲密切往來，有更上一層樓的趨勢，秦苒更是如日中天，讓明海的計畫徹底被打亂。

京城金融中心——

楊老先生的辦公室內，明海坐在他對面，直接說：「楊老，你知道我來找你是為了什麼事。」

「我也說了，秦苒不可能跟雲光財團分割，她在裡面占據了非常重要的地位。」楊老先生微微抿唇，臉上的笑意少了幾分。

秦苒跟陸知行缺一個，雲光財團的ＩＴ部都沒有今天。

「那我要是告訴你，秦苒不僅是寧邇的後代，她手裡甚至有當初寧邇的研究內容，寧邇當初根本就沒有毀掉那份檔案，設了場空城計呢？」

明海端著茶杯，不緊不慢地開口。

聞言，原本漫不經心的楊老先生猛然頓住，他雙手撐著桌子站起來，看著明海，目光明滅。

「消息屬實？」

「我跟你說假的，能有什麼好處？」明海繼續笑，「就在雲城，你也可以好好查查寧彌的後代。」

楊老先生重新坐回椅子上，晦澀地看了眼明海。

「知道了這個消息，你會好心告訴我？」

「楊老先生，信不信由你。」明海反而不急，他拍拍衣袖，從容地站起來，「你也可以選擇不相信我。」

說完，明海也不等楊老先生回答，就向楊老先生拱手，「再會。」

明海走了，楊老先生心緒卻不寧。

不得不承認，明海確實打中了他的要害。

楊老先生坐在位子上半晌，才拿著辦公桌上的電話，撥了內線給外面。

「給我好好查查雲城寧邇一家。」

楊老先生有自己的情報局，不過半個小時，祕書就敲門進來。

「楊董，這是技術部傳過來的檔案。」神色間有些遲疑。

「拿過來。」楊老先生伸手，「寧家人資料出了問題？」

「是出了問題，但也不是，您看看就知道了。」祕書把裡面的文件拿出來。

楊老先生翻了翻，眸色低斂。

也不用多看，寧家這麼多人，可查到的資料卻總共只有兩頁，資料內容更是簡單到不行。

寧薇

女

身高：一六八

前化工廠工人。

寧晴

女

身高：一七〇

林家繼室。

秦語

女

身高：一六七

……

除了這些，沒有更多資訊了。

簡略到可怕。

*

與此同時，國外——

渣龍剛上飛機，他穿著雙破舊的板鞋，坐在靠窗的位子上，小桌子上擺著電腦。

他按下最後一個輸入鍵，然後打了個響指，按著耳朵上的耳麥，「搞定。」

耳麥那頭，秦苒的聲音清冷，『謝了。』

「小問題，聽常寧老大說妳跟馬修認識。」渣龍翹著二郎腿，板鞋又髒又破，飛機上都是外國人，他毫不在意地說著中文，「幫我勸勸他，叫他們的人別抓我了。」

手機這邊的秦苒還在研究室，把一份文件遞給南慧瑤，聞言，伸手扶額。

『你幹什麼了？』

「倒也沒什麼，就幫巨鱷轉手了一些小東西。」渣龍咂嘴，「馬修他死追著我不放，他又抓不到我，都還沒查出我是誰，何必呢，還耽誤我泡吧飆車。」

『你別太囂張了。』秦苒拿杯子，裝了杯水。

「還行。」渣龍謙虛地回，又想起來一件事：「妳要的東西我帶回來了，回國就給妳。」

『正好趕上了。』秦苒明天要回雲城，她喝完水，把杯子放下，『常寧那裡見。』

「ＯＫ。」渣龍乾脆俐落地掛斷了電話。

秦苒看了看時間，早上六點，渣龍要下午三點多才到，她沉下心思投入研究。

下午三點。

「苒苒。」南慧瑤拿了一份記錄過來，「妳看看用量，我調了幾遍都不對。」

秦苒正在進行和美洲合作的B計畫，她如今也有辦公室，褚珩、南慧瑤、葉學長跟邢開四人都在，除了他們，還有廖院士。

「明天我要出門一趟，B計畫進展到關鍵時刻。」秦苒把自己的工作都做完，她看向廖院士，「廖院士，麻煩你多照顧他們一下。」

這B計畫不僅是秦苒上任的第一要事，更是南慧瑤和葉學長他們往上爬的關鍵。

研究院裡那幾個一級研究員都想要參與這個專案，方震博會對秦苒發難，說到底也是想要這個專案，可見這個專案的重要性。

只是秦苒固執，她一開始選好的團隊，很難再中途加入其他人，不能拖後腿。

廖院士只是低頭，連忙看秦苒剛剛列印出來的研究結論，對秦苒說的話隨意地擺手。

「好。」

研究室內的其他人也忙著手邊的研究，幾乎沒時間理會秦苒。秦苒摸了摸鼻子，才拿著手機離開去找常寧。

她是搭車去常寧那裡的，剛下計程車，車子都還沒停穩就一溜煙開走了。

秦苒把口罩往上拉，直接朝一二九大廈走。

五分鐘後，常寧辦公室——

渣龍比秦苒早到兩分鐘，正在跟何晨說話，看到秦苒從門外進來，他眼前一亮，先痞痞地打了個招呼，才從口袋裡拿出某個東西，往秦苒那邊一扔。

「給妳。」

秦苒也沒看，一抬手就精准無誤地抓住渣龍遞給她的東西。

「那是什麼？」何晨放下手中的杯子，朝秦苒這邊看了看。

秦苒垂下眼眸，攤開自己的手心——一張金色的ＳＩＭ卡。

何晨跟常寧都瞥了秦苒手中的卡一眼，沉默了。

「大神，妳不知道我為了這張卡奔波了多少地方，還好我模里西斯未來之星還是有點面子的。」渣龍看向秦苒，喋喋不休地說。

秦苒若無其事地把卡塞到口袋裡，靠在身後的桌子上，腿交疊著，隨意地偏頭，眼白的血絲還很明顯，莫名帶了股邪氣。

「謝謝，下次有事直接吩咐。」

「那倒不用，不過妳這張卡有點酷啊，感覺我之前調查過。」渣龍擺手。

身邊，常寧遞給他一杯水打斷他：「渣龍，喝水。」

「喔。」渣龍喝了一口水，繼續看向秦苒，「是美洲的卡，妳在美洲是混什麼的？我早就知道妳這麼厲害，肯定不是單槍匹馬。聽說妳現在又去學物理了……」

秦苒站直身體，掏了掏耳朵：「我明天回雲城。」

「回雲城？」常寧沒料到秦苒這一點，這個關鍵時刻，他還以為秦苒不會離開。

秦苒的眼眸瞇了瞇，「去接我小姨。」

秦陵在唐均那裡，地點還在美洲，她不擔心，她擔心的是寧薇跟沐楠，尤其是當初在雲城那些逼到寧薇家裡的人。

寧薇從來不跟別人說她到底在做什麼，這大概是寧家人的通病，寧邇到死都還在跟秦苒打啞謎。

「大神，妳要回雲城，我最近沒什麼單子，我跟妳一起去玩……」渣龍張口。

「不用，謝謝。」秦苒單手插進口袋裡，臉微抬，看起來酷得不近人情：「有急事連絡我。」

「小心。」何晨靠著沙發，眉宇間有淡淡的笑意，「妳那邊有問題儘管找我，最近到處流浪。」

「好。」秦苒拉開辦公室的門出去，聽到兩人的話也沒回頭，只朝背後揮了揮手。

「她就這麼走了，」渣龍坐下來，又喝了一口水，「常寧老大，你說我要是跟著孤狼一起去，我還沒跟她並肩作戰過，我還能保護她，說不定還可以英雄救美……」

「常寧老大。」何晨也放下杯子，站起來，「我先回去跑新聞。」

「好。」常寧朝她揮了揮手。

何晨拿起放在一旁的大衣，直接離開。

「欸不是，」渣龍朝何晨離開的方向看了一眼，「我們不是五個人要一起喝酒？」

「你對外說你是渣龍，有人相信你嗎？」常寧滿臉複雜地看了他一眼。

＊

秦苒離開一二九總部，沒有直接回去，而是轉到徐家一趟，跟徐家人說了一句她要離開幾天，卻沒想到剛到徐家，就看到了徐二叔。

徐二叔看到秦苒，也頓了頓，才朝秦苒躬身。

「秦小姐，這次徐家多虧有妳。」

秦苒搖搖頭，避開了徐二叔這個禮。

「美洲的生意處理完了？」

秦苒對生意上的事情不太關心，她給徐家的只是研究院的研究結果。

「沒錯，」徐二叔為秦苒跟徐搖光倒了茶，稍微笑了笑，「多虧有秦小姐，不然我們不會談得那麼順利。」

「對。」徐管家也點頭，「徐家這次算是穩定了。」

「那就好。」秦苒喝了一口茶，跟徐家人告別，才轉向一直站在門口的青林，「聊聊。」

青林跟著秦苒離開，徐管家送走他們。

她走後，徐二叔看著她跟青林的背影，「那是誰？」

「青林先生。」徐搖光放下茶杯，看了徐二叔一眼，「沒有他，我們徐家不會這麼穩。」

徐二叔沒有說話，只頓了頓，「小徐少，你有沒有覺得……徐家的存在感越來越低，甚至連徐管家都只聽秦小姐的話了？這個青林也只聽秦小姐的話，在徐家這麼受敬仰，人都有私心……」

「別胡說。」徐搖光直接站起來，他擰眉，掃徐二叔一眼，「不管你聽誰說了什麼都忘掉，沒有下一次，不然我會執行家主的權力，把你趕出家族。」

徐搖光容色向來清冷，一身氣勢不弱於其他人，他重重放下茶杯。

徐二叔低頭：「是。」

第三章　轉機

秦苒第二天就回雲城了，身邊依舊跟著程木。

程雋送她上了飛機，站在登機口，直到那趟航班起飛了，眉眼才動了動。

「老大，」程水站在程雋身側，「我們該回去了。」

已經看不到飛機的影子了，程雋收回目光，再度轉身，臉上唯一的暖色褪去。

「人跟上去了沒？」

「這個時間，程土、程金他們應該到雲城了。」程水說完，張了張嘴，想說什麼，但還是沒有說出口。

程雋點頭，「那就好。」

與此同時，雲光財團總部——

陸知行正坐在辦公室敲著代碼，跟秦氏的阿海交流接下來的合作方針，基本的大方向秦苒已經寫好了。

門外有人敲門，也不等回答就直接進來了。陸知行推了推眼鏡，他向來喜靜，瞇眼朝門外看了一眼。

大門外正是楊老先生，他站起來，恭敬地開口。

「楊老，您怎麼來了？」語氣略帶詫異。

雲光財團ＩＴ部，幾乎是秦苒跟陸知行帶出來的，楊老先生跟楊殊晏根本管不住。

阿海本來坐在陸知行的對面，聽到陸知行的話，連忙站起來，朝身後看過去，更為恭敬。

「楊董！」語氣裡略帶惶恐，這是雲光財團的大ＢＯＳＳ，他想見都見不到的大人物。

「你們在談四維搜尋引擎的問題？」楊老將手揹在身後，依舊笑咪咪的。

「是。」陸知行的第六感敏銳，聽著楊老的語氣，他略微皺眉，感覺到有些不對勁。

「那就不用忙了。」楊老先生謙和地看著阿海，「雲光財團單方面終止合約。」

此話一出，阿海還沒反應過來，陸知行直接抬頭回答。

「楊老，整個工程都是以 poppy 為核心，ＩＴ部，她有一半決定權。」

「我知道，所以從今天開始，雲光財團解除跟秦苒的一切關係。」楊老先生依舊淡淡笑著，有禮貌地對阿海說了聲抱歉，「官方很快就會宣布這則消息，來人，把他帶出去。」

門外很快有保全進來，把阿海帶了出去。

楊老先生此話一出，陸知行就知道有什麼地方不對，他腦子裡思緒萬千，眸光更沉。

「楊老，為什麼？」

陸知行想破頭也想不出來，楊老先生會因為什麼原因，要跟雲光財團ＩＴ部打下了半邊江山的秦苒撕破臉。

「ＥＡ代機器人夠了。」楊老先生拍拍陸知行的肩膀，他笑了笑，絲毫不在意，「雲光財團就算沒了她，還有你。」

第一次明海讓他把秦苒趕出雲光財團，楊老先生猶豫了，明海手裡確實沒有什麼好東西能夠吸引楊老先生，因為秦苒在雲光財團ＩＴ部門確實很重要。

但前幾天，明海跟楊老先生說了秦苒手裡有寧邇藏起的那份檔案後，楊老先生便不再猶豫。

說到底，他也沒有想到寧邇沒有毀掉那份檔案，還敢把秦苒交給他。

他查不到秦苒的機密資料，但楊老先生派人去雲城暗中調查許久，終於也找出了一點蛛絲馬跡。

實際上秦苒在物理各類比賽上打破了各種常規，楊老先生就猜測她手裡肯定有東西，明海沒必要拿這個來騙他。

「雲光財團能走到這一步也不只是靠她一個人，別捧得太高了。」楊老先生笑著看向陸知行，「你放心，我絕對不會虧待你。」

雲光財團ＩＴ部大部分都是陸知行跟楊殊晏在管理。

楊老先生雖然知道秦苒在其中占據了一點分量，但秦苒的年齡擺在那裡，他也不混ＩＴ界，不知道秦苒實際上占據的分量有多重要。

說完，也不等陸知行回答，他拿著手機，一邊向宣傳部的人打電話通知要公開這個消息，一邊往外走。

拿一個秦苒跟明海合作換取那份研究，很值得。楊老先生從不做虧本買賣。

辦公室內，陸知行垂眸，眸底低斂著戾氣。

他沒有再繼續跟楊老先生說些什麼，只是打開電腦，看了看電腦桌面上所有他跟秦苒未完成的半成品，毫不留情地全部刪掉，並打開了文件。

一字一字，很慢地敲下了內容。

『辭呈』

*

自從雲光財團的楊老先生露面，就是京城的焦點。

楊老先生也有意宣傳跟秦苒切割，不到半個小時，該知道這個消息的人全都清清楚楚了。

程水這邊自然也知道了，他走到程雋書房，把這件事完整地陳述了一遍。

「楊老先生？」

聽到程水的話，程雋一頓，他抬頭，對程水說的消息有些不太相信。

他知道，秦苒是尊敬楊老先生的。

這個時候，無論是誰打壓秦苒他都能理解，他唯獨不能理解的只有楊老先生。

「這個消息讓程土那邊瞞著。」程雋手指撐著桌子，指節微微屈起，一雙眼睛滿是冰冷，「在她回京城前，別讓她知道。」

程雋經歷過，知道被親近的人欺騙跟背叛那種心灰意冷到厭世的感覺。

「好。」程水點頭。

「雲光財團出了什麼事？」

程雋瞇眼，他想不出理由，幾天前還替秦苒撐腰的楊老，今天就把秦苒逼到絕路上。

程水頓了下，才開口：「明會長在這之前去找過楊老。」

程水還想說什麼，口袋裡的電話就響了，他低頭一看，愣了下才接起來。

通話時間很短，程水掛斷，直接看向程雋。

「是明會長，他讓你去找他。」

程雋抬眸，眉眼冷峻，越發顯現出前所未見的狠勁。他收起撐在桌子上的手，聲音冷漠。

「那就去找他。」

「老大，他明顯不懷好意。」程水跟著程雋一起走，眼神嚴肅，「所有人都被您派去保護秦小姐了，您自己要小心。」

程雋伸手，扯了扯扣得整整齊齊的領結，垂下眼睫，沒說話。

＊

京城金融中心——

程雋走進辦公室，明海就坐在辦公桌前。程雋也沒站著，他看看四周，直接踢了一張椅子過來坐下。

祕書替程雋倒了一杯茶，明海這才抬了抬頭，放下筆，笑咪咪地看向程雋。

「想通了？要回來了嗎？那女人對你影響太大，不能留，只要能回來，你還是我的兒子。」

「雲光財團那件事是你做的？」程雋沒有回，只是看向明海，聲音很輕。

「果然是我的兒子，還是挺聰明的。」明海低頭，笑了笑，「我不過是騙了雲光財團那老傢伙，告訴他秦苒手裡有他要的東西，他還真信了，狗咬狗，真是一嘴毛。」

明海自然知道秦苒沒有那麼簡單。他也怕雲光財團，讓這兩個人站在對立面，他可以坐享漁翁之利。

他一邊說一邊拿起茶杯，淡淡喝了一口。

程雋忽然笑了笑，從十二歲以後，他就沒有感受到這種滲至骨子裡的寒意了。

打從出生起，他就是所有人手裡的棋子，活在所有人的掌控之中，走的每一步都是別人安排好的。

程老爺跟明海都在算計，甚至於五行一開始都在算計。

明海有控制欲，想讓所有人被他掌控。

這態度讓明海感到不舒服，他皺了皺眉：「我之前跟你說過的，歐陽薇才是我的人選，你只要老老實實的，我手裡的一切都是你的，包括以後新的京城四大家族。」

程雋點點頭，他倏地收起笑容，站起身，居高臨下地看向明海。

「明海，你覺得我會一直在你的掌控之中嗎？」

明海猛然抬頭，程雋將手負在身後，淡淡開口。

「我不跟你們玩了。」

說完，程雋伸手把衣袖撫平，禮貌地朝明海點點頭，直接離開。

身後，明海拍著桌子，憤怒地開口：「程雋，你不要命了？」

程雋沒有回頭。

*

京城研究院——

秦苒的實驗室內，廖院士跟葉學長等人都收到了雲光財團的消息。

這群人裡，廖院士年齡最長，他不太喜歡說話，但論分辨局勢的能力，他比世家子弟的褚珩都要稍高一籌。

「秦苒能接管研究院繼承人的方印，是因為雲光財團公開保她。」廖院士召集了眾人，他微微瞇眼，「方震博他們盯著她很久了，我們手裡的B計畫也是那些人眼紅的，我們三〇一實驗室將面臨一場危機，大家把手裡的研究資料能帶走的都帶走，電腦上的全都銷毀，然後離開，其他的交給我。」

事情一波三折，廖院士也沒想到僅僅幾天，秦苒這邊又出了問題。他因為熬夜研究，精神狀態不算好，但依舊冷靜、有條理地吩咐著。

「廖院士，您呢？」南慧瑤看了廖院士一眼。

廖院士看了看實驗室，沒有回話，只是問：「秦苒有沒有跟妳說過她的家人？」

「秦影帝他們我是知道的。」南慧瑤不知道廖院士怎麼會忽然提到這件事。

廖院士點點頭，「那她媽媽呢？」

「我知道。」邢開舉手，然後撓撓頭，「我跟林思然打遊戲的時候，聽她說過，她媽媽不太好。」

廖院士目光看著實驗機器，「她媽媽……是姓寧嗎？」

「廖院士，你知道啊？」邢開詫異。

廖院士聽完，忽然點點頭，「我知道了，你們先走。」

邢開沒有想太多，他聽著廖院士的話，把資料轉移到隨身碟上帶走，卻發現南慧瑤跟褚珩沒有動。

「你們怎麼不走？」邢開一愣，他繼續撓頭。

南慧瑤拉開一旁的椅子，坐下，手中的實驗儀器轉了轉，「廖院士，我們是一個團隊，不是只靠苒苒一個，就算她不在，我們也會撐住研究院。」

褚珩沒說話，只是坐在電腦前，表明了自己的立場。

能考上京大的，除了邢開這種走後門進來的，智商都不會太低。褚珩跟南慧瑤都能判斷局勢，越是這種情況，他們越要穩住。

雖然他們是因為秦苒，在研究院才有今天的地位，但不代表他們本人沒有實力。

廖院士看著他們三個人，嘴角動了動，向來冷冰冰的臉略有了點溫度。

「你們……好，你們要留下，就聽我的……」

廖院士低聲吩咐。

＊

消息傳得很快，秦家好不容易打造起來的團隊，因為雲光財團這一舉動，瞬間又跌入谷底。

「秦總，眼下情況不樂觀。」秦部長拿著文件匆匆來找秦漢秋，「秦小姐那邊是不是出事了？」

不然秦部長想不通，為什麼雲光財團會做出這種決定，還特別公開。

「我也不知道。」秦漢秋拿著手機，他搖頭，「小程不讓我告訴苒苒這件事……技術部怎麼樣了？」

「不好。」秦部長搖頭，沒了雲光財團的合資案，工程就進行不下去了，「從消息傳出來到現在，已經有四個人辭職了。其實這樣也好，我們不能什麼都靠秦小姐。」

辭職人數還在增加，這對秦漢秋來說是個非常大的打擊。

「我去安撫公司裡的人。」徐管家開口，「世態炎涼，我們得準備好後路。」

上次的事情，已經給秦家一個教訓了。

＊

雲光財團中心總部——

楊老先生正坐在辦公室，跟總經理說著管理方面的事。

就在這時，二十八樓工程部的經理敲門走進來。

二十八樓是雲光財團的核心部門，楊老自然認識二十八樓的經理，他停下話，笑著看向二十八樓經理。

「什麼事？」

「楊董，我是來遞交辭職信的，交接事宜已經給助理安排了。」他伸手，把信放在楊老先生面前。

「為什麼忽然辭職？」楊老先生正襟危坐。

二十八樓經理低頭，「因為私人原因。」

說完他低頭看了看手錶，快到下一場面試的時間了，他向楊老先生告別後，直接離開。

楊老先生看著手中的辭職信，微微擰眉，他拆開來看了看，是很官方的辭職信。

放下信，楊老先生拿起手邊的電話，想要打去人事部問問，但還沒碰到電話，電話就響了。

正是人事部的經理，聲音聽起來很驚慌。

『楊董，二十八樓ＩＴ部的七名大將辭職了！』

「七個辭職？」楊老先生直接站起來，他眉頭一擰，「究竟怎麼回事？你們是怎麼辦事的？去給我好好查查！」

雲光財團ＩＴ部大師級的工程師就十二個，這一下走了七個，ＩＴ部要怎麼維持下去？

他「啪」的一聲掛斷電話，站起來，眉眼嚴肅，打算去二十八樓看看。

剛起身，門外又有人進來，陸知行一手拿著紙盒，一手拿著一封信。

楊老先生沉默地看著陸知行手裡的辭職信，抿唇。

「為什麼？是你在ＩＴ部動的手？」

「您什麼意思？」陸知行擰眉。

「ＩＴ部七名大將離職！」楊老先生厲聲開口，加上陸知行這個首腦，八個。

聽完，陸知行抬頭，雖然剛知道這個消息，但他一點也不意外。

「原來是這樣。」

他把辭職信放在楊老先生的桌子上，然後淡淡看向楊老先生，「您不會真的以為雲光財團ＩＴ部能有今天，是因為雲光財團的大名吧？」

「什麼意思？」楊老微頓。

陸知行推了下眼鏡，淡淡地開口：「抱歉，昨天忘了告訴您，ＩＴ部的菁英成員基本上都是 poppy 的粉絲，是衝著她來雲光財團的。您把他們的偶像趕出雲光財團了，還想讓他們留下為您賣命？」

陸知行這句話倒不是在刻意刺激楊老先生。

poppy 在ＩＴ界聲名遠播，不僅僅是實力問題，更重要的是她無償分享了好幾個核心代碼，這些人尊敬她，還有一大部分的原因是敬重她的人品。

像二十八樓經理，還有秦修塵之前幫秦陵找到的老師庫克。

不少菁英大將都是衝著秦苒這個人來的，這些人一走，會造成雲光財團出現巨大損失，尤其陸知行還是其中之一。

「衝著她？」楊老先生盯著陸知行，聲音微頓，有些難以置信地開口：「這麼多人都是衝著她來的？」

這一點，他確實低估了秦苒。

楊老先生一直身居高位，能讓他放在心上的只有明海那一類人，秦苒這類人，他還真的沒怎麼放在心上。

秦苒跟陸知行是二十八樓的兩個核心人物，尤其秦苒，年紀太小，再過十年，楊老先生或許會更看重她一些。

如今這些事，楊老先生除了想要逼迫一下秦苒之外，還想透過這件事告訴她，讓她收斂一下身上的銳氣。

拔光她的爪子，凡事以他為尊。公司少一個秦苒，對於他來說不是虧本的買賣。

誰知道昨天剛宣布，今天二十八樓就有八名大將集體離職！

不得不說，向來運籌帷幄的楊老先生小看了秦苒，也下錯了這一步棋。

陸知行為人冷漠，此時也不想露出生氣的表情，只是禮貌地朝楊老先生告別，便直接開門離開。

楊老先生也沒時間管陸知行，只轉頭看向身後的總經理。

「陸知行說的是真的？」

「楊董，您看看公司的官方論壇，我們公司總部才多少人，但秦小姐在年初才公開在論壇的帳號，就有十九萬的粉絲，二十八樓幾乎每個面試者的名稱都是她的粉絲……」總經理連忙站起來，戰戰兢兢地開口。

楊老先生言辭犀利：「這件事為什麼沒人跟我提起？」

「楊董，昨天您要趕人的時候，陸先生勸過您，我們不敢多說。」總經理搖頭，他頓了頓，「還有，這件事整個ＩＴ界的人都知道，秦小姐在官網論壇的帳號也為我們帶來了知名度……」

他還有一句話沒說，沒了秦苒跟陸知行，亞洲ＩＴ巨頭……

可能要換人了。

＊

秦氏——

秦漢秋坐在辦公室，剛跟秦修塵通完電話，將近五個月，秦修塵的電影拍攝終於接近尾聲。

結束跟秦修塵的通話，他才坐在辦公椅上，又按了幾個按鍵打電話給秦苒。電話響了一聲就被接起。

辦公室外，秦管家敲門進來。

秦漢秋抬手，對秦管家做了一個噤聲的手勢，才笑著跟電話那邊說：

「苒苒，聽說妳回雲城接妳小姨了，什麼時候會回來？」

他聲音一如既往地帶著憨厚的笑意。

手機那邊的秦苒還在沐家客廳，背靠著桌子，看向廚房內的寧薇，仰著頭，聲音微微壓低。

『還在交流。』

寧薇死活都不肯去京城。

昨天程雋跟秦漢秋說了不要把雲光財團的事情透漏給秦苒，秦漢秋就有點擔心秦苒的情況，眼下聽到秦苒回應，秦漢秋覺得秦苒的狀態還可以，終於放下心來。

「妳好好跟妳小姨談，說話別太逼她。」秦漢秋知道秦苒的脾氣，囑咐了一句。

『知道了，正好你打給我，案子的最後一個代碼我傳給陸叔叔了。』秦苒勾著手邊的茶杯，『你讓阿海跟他好好討論一下。』

雖然她現在跟陸知行是親戚關係，她還是習慣叫陸叔叔。

聽到秦苒的這句話，秦漢秋頓了一下，「妳最近不是一直在忙研究院的研究……」

『在飛機上寫的，好了，我掛了。』秦苒打完招呼，就掛斷了電話。

她把手機「啪」的一聲扔到桌子上，然後朝廚房看了一眼，也沒進去，伸出一根手指朝程木勾了勾。

「程木，你過來。」

程木正在另一邊看沐楠翻譯英文，他低頭不敢看秦苒，但秦苒叫他，他還是慢吞吞地挪動步伐，朝秦苒這邊走過來，小聲開口。

「秦小姐……」

「嗯。」秦苒漫不經心地點頭，「說吧，有什麼事情瞞著我。」

秦苒本來也沒懷疑什麼。

只是……秦漢秋的反應太熱情誇張了，尤其是她提到代碼的時候。

「雋爺跟程水都叫我不要說……」

程木的腦袋更低了。

秦苒雙手環胸，嘴角淡淡地勾著，似笑非笑地看著程木。

「你聽你們雋爺的，還是聽我的？」

「當然是聽秦小姐妳的。」程木癱著一張臉，「事情是這樣的……」

秦苒不怎麼上網，也不看新聞，又遠在雲城，自然不知道京城已經炸翻天了。

程木是在五行群組中看到這件事的，程雋跟程水還特地囑咐過他，但秦苒問起，他當然不敢再隱瞞下去。

說到最後，程木小心翼翼地看向秦苒，「秦小姐，妳沒事吧？」

秦苒只低頭，眼睫垂下，蓋住了眸底的神色。

半晌，她才抬了抬頭，沒回程木，只往回走兩步，抬手把桌子上的手機拿起來，點開陸知行的聊天視窗。

『公司怎麼樣了？』

陸知行那邊不緊不慢地回。

『妳的小迷弟們辭職了。』

秦苒眉眼深了深。

『加我進你們內部群組。』

陸知行直接加她進群組。

雲光財團幾個大師級的工程師私底下有自己的群組，陸知行加她進去的是一個今天剛創設的群組，裡面都是已經辭職的失業者。

知道這些大將辭職的陸知行把人都加進去。

這群人離開了雲光財團，多的是大集團要搶，此時悠閒地在一起聊天。

一群人正聊著，忽然間跳出一則通知。

『Q已加入聊天室。』

二十八樓經理：『陸先生，這是誰？今天還有誰辭職了？』

陸知行還沒回覆，秦苒就把群組裡的暱稱改成——秦苒。

群組裡一瞬間沉默了，緊接著活躍起來。

外界的人可能不知道，但內部跟秦苒一起拚搏過的大將們卻很清楚，poppy 的本名就是秦苒。

『大神妳現在在哪裡？』

『妳要去哪家公司？』

『我們還要跟著妳混！』

『……』

秦苒看著群組內的人，眸底的戾氣消散了些許。良久，她笑了笑，才不緊不慢地回覆。

『秦氏。』

傳出去以後，她關掉手機塞回口袋裡，朝廚房裡面走去。

*

秦漢秋聽完秦苒的話，坐在椅子上沉默著。

他知道秦苒最近很不好過，兩個老爺對她來說都很重要，還有研究院跟徐家兩座巨山壓在她身上。

候。

秦苒的性格一直是無拘無束，向來散漫又不羈，秦漢秋甚至有點想念她囂張蹺課的時候。

他無論如何也想不到，有一天她也有這麼拚命的時候，連陸知行都說秦苒最近可能半個月都交不出代碼，但她這麼快就做好了……

可是現在，秦家恐怕要辜負她的一番苦心跟精心策劃了。

「秦管家，我真是沒用。」秦漢秋苦笑著開口。

「二爺，千萬別這麼說，公司大局還等著你主持。」秦管家正了神色，「樓下人資明天要面試新人，您到時候把把關。」

秦漢秋沉默著點頭。

翌日，秦氏ＩＴ部因為走了不少因雲光財團慕名而來的工程師，人手緊缺，才有了這場面試。

如今這場面試必須有秦漢秋坐鎮，他收斂了神色，點點頭跟秦管家一起下去。

面試的會議室，秦部長跟ＩＴ部兩個組的組長都在。

中間特地留了一個空位置給秦漢秋。

秦漢秋到的時候，面試已經開始了。此時是第二個面試者，是一個年輕男人。

秦漢秋翻了翻面試資料，很普通的工程師，ＩＴ部門一抓一大把。

辦公室的氣氛很寂靜。

第三個、第四個面試者的資質也都差不多，在等待第五個面試者的間隙，秦部長嘆息一聲，向秦漢秋解釋。

「因為時間太緊急了，昨天晚上才在官網發布招聘，這麼短的時間內，我們找不到什麼好人才。」

「除非天上掉餡餅。」

人資甚至連篩選履歷都很匆忙。

其他人沒說話，今天整個秦家氣氛都很低沉。

正說著，第五個面試者進來，是一個金髮外國人，眸子帶了點淺淺的綠色。

看到人，秦部長一頓，詫異地說：「還有外國人？」

身側，秦漢秋卻猛地站起來，不敢置信地說：「庫克老師？您怎麼來了？」

來者正是庫克，兩個月前才被雲光財團錄取。

秦漢秋的反應讓秦部長等人愣住。

「秦總，您認識這位先生？」

「老師是美洲的大師級工程師。」秦漢秋看向庫克，略顯遲疑：「庫克老師，您是不是走錯了……」

「沒有。」庫克的中文很好，他看向秦漢秋，嚴肅地開口：「秦總，我就是來面試秦氏工程師的，我們按照流程來吧，後面還有很多面試者在等。」

「不了，庫克老師，您要是願意來，哪還需要面試。」秦漢秋跟秦管家連忙接待庫克，「您能來秦氏，是我們的榮幸！」

「真的嗎？」庫克眼前一亮，「那我是被錄取了？」

秦漢秋跟秦管家兩人面面相覷，以庫克的資歷，他可以任選國際上的所有公司，為什麼會看起來這麼高興？

面對庫克這種大師，秦漢秋、秦管家要親自接待，對方卻擺手，笑著說：「不用，後面還有面試者，那我明天就來上班。」

他揹著手出去。

辦公室內的秦部長翻過庫克的履歷，上面第一行介紹就是大師級工程師，一群人有些恍惚。

「大師級工程師……我沒看錯吧……？」秦部長喃喃開口。

天上真的掉餡餅了？

一行人來不及多想，因為下一個面試者已經進來了。

是一個普普通通的中年男人，衣著簡潔。

他手裡拿著份履歷，微微欠身，在這麼多人面前絲毫不顯怯場，非常自在地介紹自己。

「各位主管你們好，我叫邵天文，今三十歲……」

秦氏這些面試官，包括秦漢秋的心思都在庫克那裡，只略微點頭，然後心不在焉地翻著履歷。

履歷很簡潔，一映入眼簾的就是邵天文的工作經歷。

『美洲ＩＴ總部中心第一大組組長，任職六年

非洲 Ture 集團總部開發者，任職五年

雲光財團ＩＴ總部經理，任職四年』

秦部長手裡的筆「啪」一聲掉了。

邵天文的話剛說完，辦公室裡沒有其他人說話，安靜到連秦部長筆掉下去的聲音都很清晰。

前面兩個秦家的人見識不廣，可能不太理解。

但雲光財團ＩＴ總部經理？

以秦氏的發展來說，就算再進步十年都沒有跟雲光財團二十八樓經理坐在一起談生意的資格。

剛剛一個庫克老師，就讓辦公室的秦家人坐不住了，現在又來個無論是工作經歷還是頭銜，都比庫克老師更厲害的邵天文？

秦家這行人經歷了這麼多年風風雨雨，最近更是一波三折，心性都算堅定，但現在從上到下，每個人都處於呆愣的狀態，無法鎮定。

邵天文介紹完自己，沒有聽到秦部長他們的詢問，不由得抬頭。

「幾位主管有什麼想問我的嗎？」

他思考著自己面試的方式有沒有什麼不對。畢竟他從來沒有面試過，他少年成名，之前任職的兩間公司都是被人挖過去的，後來他跟陸知行認識，直接進了雲光財團的核心部門，對面試沒什麼經驗。

聽到邵天文的聲音，秦部長率先反應過來，他一隻手還放在履歷上，連忙站起來，感到有些飄忽。

「邵先生，您……確定是來我們秦氏面試嗎？我們是京城秦家。」

以邵天文在IT上的成就，絕對擔得起秦部長一個「您」字。

「京城秦家，有位秦漢秋先生對吧？」邵天文十分有禮貌地回。

莫名被提起，秦漢秋連忙站起來說：「正是我。」

「那就沒來錯。」邵天文點點頭，很好說話，「我對薪水什麼的完全沒有要求，遵從公司的安排，就職意向是部門經理，合約你們準備好了嗎？我現在就可以簽，要簽十年、八年都沒問題。」

還要主動簽這種不平等合約？

這種合約公司都會提早準備好，一開始是為了給面試者看看秦氏的合約內容，誰知道現場就能用到。

看著邵天文十分乾脆俐落地簽了合約，辦公室內的所有人都已經徹底麻木了。

「邵先生，我送您出去。」

庫克老師跟秦漢秋很熟，秦漢秋對他會稍微隨意一點，但邵天文不一樣。

這種全世界ＩＴ集團都想要挖的高手都來自己公司了，秦漢秋、秦部長這些人怎麼可能擺架子。十分恭敬有禮貌，又有點飄忽地起身送邵天文離開。

秦氏的面試場地很中規中矩，外面就是寬敞的走廊跟休息室，為了照顧面試者放了一排椅子，面試者則是按照抽到的號碼排隊的。

秦漢秋先一步伸手親自開門，讓邵天文出去。

秦部長等人緊跟在他後面。

「邵先生，您要不要跟工作人員先看看工作環……」

秦漢秋對ＩＴ不太了解，由秦部長跟邵天文聊天。

一行人往外走，秦部長正說著，一抬頭就看到了坐在左邊第一個位置上的陸知行，他正拍了拍袖子站起來。

「你們出來了？」陸知行一如既往地沒什麼表情，甚至帶著點憂鬱。

「……環、環境。」看著陸知行的臉，秦部長徹底說不下去了。

這陸知行不會也是來面試的吧？

「你們不用送我了。」邵天文朝秦漢秋等人抬了抬手，「陸先生是下一個面試者，後面還有好幾個人。」

秦漢秋終於反應過來了，他看向陸知行。

「表弟，你這是……」

「既然你出來了，我也不跟你走流程了。」陸知行側身，指向身後剩餘的六個人，「我們都是跳槽來的，你們看看符不符合要求？可以的話就進去簽合約。」

秦漢秋的腦子轉得很快，陸知行一說完，他直接開口，語無倫次地說：

「可以，怎麼不可以，你們先進來！」

他側身讓路，讓陸知行等人全都進去。

陸知行這邊有七個人，加上邵天文、庫克，一共是九人。

秦漢秋帶著他們來簽約，秦氏的幾個負責人跟在秦部長身後面面相覷。陸知行一直都只跟阿海、秦部長交流，幾個負責人也不是京城高層的人，並不認識他，秦漢秋也從來沒有在秦家公開說過他跟陸知行的關係。

他們看著那一群人的背影，帶著好奇低聲詢問秦部長。

「秦部長，他們是誰啊？」

秦部長沒有說話，又看著前面那幾個背影半晌，才收回目光。

「這是他們的履歷，你們自己看。」

秦部長伸手，把秦漢秋放在桌子上的一疊履歷遞過去。秦氏的幾個負責人湊到另一邊翻閱履歷。

『盧西恩，美洲國防部門系統嵌入式工程師，任職六年，雲光財團核心技術軟體工程師，任職三年。』

『賈瑄，True 集團首席工程師，任職七年，雲光財團次席工程師，任職四年。』

『……』

『陸知行，雲光財團ＩＴ部首席工程師。』

幾個負責人徹底石化，腦子裡瞬間有一萬隻蒼蠅在嚮。

秦漢秋擬好了合約，就讓秦管家帶陸知行等人上去參觀工作環境，詢問陸知行有沒有需要改善的地方。

「秦部長，剩下的面試你處理，我先帶他們上去看看。」秦漢秋取得了陸知行的同意，才和秦部長說了一聲，帶著陸知行這幾個人出去。

秦部長點頭，「您放心。」

他雖然也想跟陸知行他們一起上去，但後面還有其他面試者。

陸知行跟在秦漢秋後面走了幾步，又想起某件事，便往回走，把一張單薄的紙交給秦部長。

「我這裡還有份履歷，她人沒來，合約可以代簽，你們先看看，要是沒問題，等我下來就簽。」

陸知行說完，就跟上秦漢秋。

他們走了之後，辦公室內又安靜了半晌，才有人第一個開口。

「秦部長……雲光財團的人為什麼集體跳槽到我們秦氏啊？」

瘋了嗎？這群大神居然來他們這個連世界排名都排不上的秦氏……

秦部長搖頭，他也不知道。

「秦部長，看看陸先生給你的又是哪個大神的履歷。」

又有人盯著秦部長手中的履歷。

經歷過邵天文，再經歷過陸知行他們那非人般的履歷，秦氏的幾個負責人已經覺得自己刀槍不入，畢竟連ＩＴ界公認的大神陸知行都來他們秦氏了。

一群人正想著，秦部長打開履歷，內容是所有人前所未見的簡略。

資料很囂張，只有一行字。

『秦苒，雲光財團 poppy。』

寂靜無聲。

秦部長早就知道 poppy 是誰，但看著這份履歷，還是驚訝得顫了一下，半晌才緩緩開口。

「我大概知道陸先生他們為什麼要來秦氏了……」

＊

陸知行這一批ＩＴ界大神全去了秦氏，這個消息根本就瞞不住其他人，雲光財團穩定了這麼多年，第一次面臨股票跌停。

楊老先生縱橫商場數年，第一次出現這麼重大的判斷失誤。

他低頭，看著秦苒在雲光財團官網的帳號。

半晌，他才撥通了明海的電話，語氣沉重，帶著些許冷意。

「明海，你故意的？」

『楊老，我可不敢算計您。』那邊的明海站起來，上次他也被程雋的話震驚了，後續又查了一堆資料，查到的卻很有限，『不過我看您是有麻煩了，我們要不要合作？』

「合作？你兒子不是一直在保護我那義女？」

楊老先生走到窗戶邊，淡淡開口。

『所以我說合作。』明海點燃了一根菸，『秦苒交給您去解決，她對我兒子的影響太大了。』

「你確定？」楊老先生聽完，瞇起眼眸。

一雙淺褐色的眼眸中，也閃過一道狠色。

雲光財團橫霸這麼多年，不僅僅是因為產業領先，其中最大的原因是他們背後的地下聯盟。

秦苒他已經無法控制了，更何況她手裡還有楊老先生需要的東西。

楊老先生跟明海說完，才掛斷電話，他將手負在身後，站在窗邊半晌才下了決定。

秦苒這個人……不能留。

另一邊，明海也放下手機，偏頭看向身側的人。

「連絡到一二九的人沒？」

「依照歐陽小姐留下的線索，我們找到了巨鱷。」心腹彎腰。

「很好。」明海眼前微亮。

*

別墅——

程雋正在跟秦苒通電話。

「小姨聽勸了嗎？」程雋坐在書房裡，把筆記型電腦隨手推到一邊，挑了挑眉。

『嗯，她答應我去京城待一個月，』秦苒站在登機口，背靠著欄杆，一雙漆黑的冷眸終於緩和下來，『快上飛機了。』

程雋手指敲著桌子，隨意地道：「好，住處我已經安排好了，等一下去接妳。」

兩人都很有默契地沒有再提雲光財團跟楊老先生的事。

兩人正說著，程雋桌子上的電腦一亮，他看了一眼，是唐均的訊息。

程雋微頓，不動聲色地開口，「我先接個電話。」

掛斷秦苒的電話，他才接起唐均的視訊。

「唐老？」他微微挑眉。

『有件事需要你幫忙。』電腦那頭，唐老的聲音十分嚴肅。

唐均很少來求自己，程雋坐直，「您說。」

『我在非洲，這是我的姪孫，秦陵。』唐老把鏡頭偏了偏，對準秦陵，『黑鷹他們一直在針對我，我們被人盯上了，我還能拖一天，思來想去，大概也只有你能讓我信任了，我無所謂，但小陵他不能有事。』

「小陵！」

唐均也愣住，『你們……』

程雋站起來，驚道。他萬萬沒有想到，會在跟唐均的視訊中看到秦陵。

程雋手撐著桌子站起來，「唐老，把地址傳給我，我趕去非洲。」

他關上電腦，又拿起手機打電話給程土等人。

「送秦小姐回到京城後，其他人回京城保護，你直接去非洲。」

京城有巨鱷在，程雋沒有那麼擔心。

至於秦陵那邊，他不親自去，不放心。

＊

金融中心辦公室——

明海吐了口菸圈，聽著屬下的彙報，坐起身瞇起眼，意外地說。

「你確定他去非洲了？」

「沒錯。」心腹拱手，「兩個小時前上了飛機，還帶走了程土跟程火。」

「竟然親自去了，看來他跟唐均感情不錯，很好。」明海站起來，他看著外面閃爍的霓虹燈，嘴角勾起一道意味不明的笑容，「通知楊老先生，動手。」

不可否認他對程雋有些忌憚了。再不動手，明海也怕發生什麼意外。

他跟楊老先生本來就不是什麼正經的商人，能用暴力解決的事情，在他們眼裡都不是麻煩。

整個京城，能讓他稍微忌憚的只有一二九跟巨鱷，而程雋勉強算一個。

現在程雋離開京城，只剩一個秦苒，再怎麼樣也翻不起什麼浪花，明海沒怎麼放在心上。

第三章　轉機

*

晚上九點，秦苒到達機場，寧薇跟沐楠走在她兩側，程木拉著一個行李箱。

秦苒看了看出口，只看到了程水，她腳步稍微頓了頓。

「小姨，這是程水，妳叫他程水就行。」秦苒向寧薇介紹。

寧薇連忙開口，「程先生，你好。」

「秦小姐。寧夫人，您不用客氣，叫我程水就行。」程水淡定自如地跟秦苒打招呼，並接過一個程木手上的行李箱，才對秦小姐好聲好氣地解釋，「雋爺有事去非洲了。」

至於是什麼事，程水就沒說了。

秦苒看了程水一眼，雙手環胸，眼眸微瞇。

「非洲？」

「有生意。」程水淡笑一聲。

「好吧。」秦苒暫且相信了。

「程水，你先帶我小姨他們回去，我去一趟研究院。」秦苒想了想，偏頭又說了一句。

雲光財團發難，秦家有陸知行一行人，不僅沒有元氣大傷，反而蒸蒸日上，但研究院沒有人頂著，秦苒擔心研究院的情況。

他們手裡跟美洲合作的B計畫，研究院裡有不少人眼饞。

程水把金框眼鏡戴上，然後看向程木。

「程木，你帶寧夫人他們回去，我陪秦小姐一起去研究院。」

程雋走之前，吩咐過程水要寸步不離地跟著秦苒。

「這麼晚還去研究院？」寧薇看向秦苒，「九點多了。」

「沒事，我實驗室裡的人幾乎都住在那裡。」秦苒伸手拿了個口罩出來，幫自己戴上，「今天不方便，過兩天我帶你們去看看實驗室。」

聽秦苒這麼說，寧薇也沒有再勸說，只垂下眼眸。

自從到達京城之後，寧薇就十分沉默，話也不多，不知道在想什麼。

秦苒知道寧薇心情複雜，她轉向另一邊，對沐楠說：

「你的轉學資料是程金在處理，等一下回去讓程木帶你去找程金。」

吩咐完所有事情，秦苒就跟寧薇等人兵分兩路。

京城機場有點大，花了一段時間秦苒才出發，開車的人是程水。

雖然現在已經十點了，但機場依舊有不少人，程水正在排隊出去，秦苒坐在後座，也沒做什麼，只拿出了手機，換了另一張ＳＩＭ卡。

剛打開這張卡的權限，就有無數則通知跳出來。秦苒看著這堆通知，半晌才點開，回覆了其中一則。

剛回完，手機就響了，是常寧的號碼。

秦苒看了眼，隨手接起，將手機放在耳邊。

「你找我？是要喝酒？」秦苒瞇了瞇眼。

『倒也不是，』常寧的眸色略微沉下，『今天京城又多了一個勢力的人，來頭有點大，妳現在在哪裡？』

「雲光財團的人？」秦苒往後靠，長睫垂下，隨意地反問。

『妳知道？』常寧有些詫異，『既然妳知道，就不用我多提醒了，需要我們的人手，直接說就行。』

「放心。」秦苒看著外面閃爍的路燈。

兩人說完，直接掛斷電話。

出了機場，車就少了很多，一路暢通無阻。

十點五分，車子停在研究院門口。現在這個時間，研究院大部分的樓層都關著，停車場很安靜，只有大燈孤寂地亮著，看不到什麼人。

安靜到有些過分了，程水率先下車，他警覺性很強。

目光掃了停車場一圈，程水眼眸微微瞇起，一邊拿起口袋裡的手機，一邊對車內的秦苒道：「秦小姐，好像有點問題。」

他正說著，秦苒已經下來了。

她「砰」的一聲關上門，「放心吧，暫時沒什麼事。」

說完，一手插在口袋裡，不緊不慢地往實驗樓層走。
程水小跑著跟上秦苒，往背後看了看，確實沒感覺到什麼人，不過還是通知手下帶人來研究院。
秦苒停在樓下，看了看三〇一室，燈是開著的。
南慧瑤跟廖院士他們應該還在，她直接抬腳進去。
沒等電梯，走上三樓。
三〇一室很熱鬧，除了廖院士這五人，還有其他兩個一級研究員。
盛院士跟魯院士。
還有兩個院士的學員。
此時兩人正在觀察秦苒跟廖院士的試驗臺跟實驗內容，並吩咐著南慧瑤。
「把左邊那個電壓表拿來。」
「倒杯溫水。」
「葉明橋，你跟我解釋解釋，這個步驟什麼意思？」
「……」
三〇一實驗室是秦苒在研究院的專屬實驗室，不說廖院士，南慧瑤、褚珩、葉學長等幾個人都是秦苒要培養的人。
秦苒停在門口，瞇起眼。

「秦苒學妹，妳來得正好。」單獨在試驗臺前的女人抬頭，朝秦苒看了一眼，「幫我把這份資料列印一下。」

她把一個隨身碟扔到秦苒這邊，正是許久不見的左丘容。

隨身碟「啪」一聲掉在地上。

左丘容擰眉，帶著嘲諷：「秦苒，妳什麼意思？」

秦苒的臉徹底冷下來，還沒說話，剛倒了杯水的葉學長連忙走過來撿起隨身碟。

「我幫妳印。」

左丘容晦澀地看了幾人一眼，葉學長一邊說，一邊伸手拍拍秦苒的肩膀，示意她冷靜。

這是葉學長，秦苒暫且忍下。

葉學長印完文件，才走到秦苒身邊。

「聊聊。」

褚珩跟南慧瑤也跟上來。

「廖院士呢？」秦苒掃了實驗室一眼，淡淡開口。

「雲光財團的事情發生之後，歐陽家就拿到了研究院一半的股權，B計畫有這麼多研究員想要，他們一早就計畫要霸占了……廖院士手裡有核心內容，他在方院長那棟樓。」葉學長回答。

「歐陽家？」秦苒點點頭，「我知道了。」

「小學妹，」葉學長看秦苒這表情就知道她固執，「妳別衝動，褚珩說歐陽薇背景厲害，後面是黑街的人……」

褚珩是世家子弟，自然知道歐陽薇背後的一二九。

南慧瑤瘋狂點頭，她跟上來，「苒苒，B計畫要讓給他們就讓，沒關係的。」

「核心技術我們已經按照廖院士的吩咐轉移了，妳別魯莽，我們一步一步慢慢來，再想辦法，歐陽薇是什麼人，妳應該比我更清楚。」褚珩也往前走了一步。

幾人說話的聲音很小，但左丘容離得很近，還是聽到了。

她譏誚地看了秦苒一眼，內心的淤塞紓緩，十分暢快，嘴邊冷笑著。

想辦法？你們還能想什麼辦法？

門口的秦苒倏地停下，她偏頭笑著說：「我在想，你們可能不知道，歐陽薇她前兩天才被我送進重型監獄。」

實驗室的人都不由得驚詫地看向秦苒，幾人面面相覷，完全被嚇傻了。事情到了這個節骨眼，秦苒自然不可能說假話。

重型監獄……這又是什麼？

歐陽薇這件事牽扯到的勢力隱祕，知道重型監獄的普通人不多，郝隊他們也不會大肆宣揚。

「帶我去找廖院士，」秦苒說完，偏頭朝葉學長輕聲說：「後天徐家有一批貨物要運到美洲。」

「啊？」葉學長也算見過世面的人了，此時也有些反應不過來，他「喔」了一聲，然後跟著秦苒一起出門。

南慧瑤跟褚珩幾人相互對視了一眼，也跟了上去。

他們走後，實驗室內剩餘的人才敢吭聲，左丘容擦了擦額頭的冷汗，「魯院士……她說的是真的嗎？那歐陽薇……」

「她沒有必要撒謊。」魯院士看著玻璃窗外漸漸消失的人影，微微搖頭。

左丘容聽完，不由得往後退了一步，喃喃開口：「怎麼會，那可是歐陽家的人……」

歐陽家取代了秦家之後，有想要拿下京城第一家族的企圖不是一天兩天了。在他們背後的明海雖然表面上沒有出現，但暗地裡卻幫歐陽家解決了不少麻煩。

徐老死後，徐搖光缺乏手段，徐家群龍無首，研究院的方震博則早就向明海靠攏。之前的繼承人接管儀式，是因為雲光財團的關係，方震博才不得不交出方印。他再厲害也不敢對楊老先生的義女下手。

然而雲光財團卻在兩天前宣布和秦苒切割，方震博跟明海第一時間就動手了。

在左丘容他們眼裡，歐陽家是幾乎不可撼動的存在，尤其是在京城如日中天的歐陽薇。

連左丘容他們這些不關注情勢的人都知道一二九的歐陽薇，追求歐陽薇的京城名門大少更是不知凡幾。

可是秦苒說，她把歐陽薇送去了那什麼監獄？

左丘容連牙齒都在打顫。

她到底是怎麼做到的？

「我早就說了，不要參與方震博他們的博弈，安安靜靜做我們的研究，之後不管研究院是姓秦、姓徐或者姓歐陽，都跟我們沒關係。」盛院士放下研究記錄，在實驗室內走來走去，眉頭緊緊擰起：「魯院士，你應該也知道她恐怖的潛力，就算這一次她博弈輸了，只要她沒死，都還是個威脅！現在怎麼辦？我們是不是得罪了秦苒……」

兩個人除了是研究員，也是研究院的負責人，能爬到今天這個位置，不僅僅是因為他們拿到的功勳，也是因為他們懂得趨炎附勢，功利心重。

聞言，魯院士當機立斷，他一拍桌子。

「方院長老了，眼光也不行了，去向秦苒還有廖院士道歉。」

說完，他聲音略帶緩和地看向左丘容。

「小左，那秦苒是妳學妹，需要妳周旋一下，好在我們沒有徹底得罪他們，沒有對廖院士動手，一切都還來得及。」

這是左丘容第一次在研究院被重視，沒想到還是因為秦苒。

她抿唇，說：「魯院士，那秦苒她真的……」

魯院士並不知道明海跟楊老先生暗裡的勢力，也不知道秦苒的底牌，他只是跟隨著自己的直覺。

「她有點深不可測，如果徐老爺還在，給她五年，她能站在美洲研究院的金字塔，之前我舉旗不定，現在我決定冒險一把。徐老會這麼安排，肯定有他的用意。在國內物理界這麼多年，誰看過二十歲就敢帶著三個大一新生去ＩＣＮＥ，還拿冠軍的？」

尤其是今天秦苒說她把歐陽薇送去了監獄。

魯院士偏了偏頭，「幫我準備一份大禮。」

他這麼果斷，盛院士也低頭沉思了幾分鐘，做了與魯院士同樣的決定。

＊

方震博辦公室──

他坐在自己的辦公椅上，不緊不慢地看著面前的廖院士，聲音低沉嘶啞，猶如磨砂一般，聽得令人十分難受。

「廖院士，核心內容你真的不交出來？」方震博低頭，喝了一口茶，「虛的就是虛的，你看沒有雲光財團、沒有徐老，秦苒她還剩什麼，不如跟我混。」

廖院士平常本來話就不多，此時坐在方震博對面，只抬頭看了他一眼，面無表情。

見他不說話，方震博擰眉，他放下茶杯，一張威嚴蒼老的臉，神色逐漸轉冷。

此時辦公室門外突然傳來喧鬧聲。

方震博的助理在門口攔著，他認識秦苒。

「秦小姐，妳不能進去……」

他還沒攔住秦苒，就被程水拎起後領，扔到一邊，秦苒用手推開門，目光對上廖院士的，鬆了口氣。

「廖院士。」

廖院士拉開椅子站起來，表情平靜地輕聲說：「我們回去。」

他什麼也沒有多說，帶著秦苒等人一起回實驗室。背後，方震博看著一行人出了辦公室，瞳孔縮了一下。

「廖高昂，你想變成第二個寧邇？他是怎麼眾叛親離的，你不會不知道吧。」

這句話一說出口，秦苒的腳步頓住，南慧瑤等人也驚了一下。

他們知道寧邇這個名字……

廖院士也停下，他伸手拍拍秦苒的肩膀，只說了淡淡的三個字。

「沒事，走。」

＊

第三章　轉機

研究大樓休息室——

廖院士坐在沙發上，秦苒坐在他對面，程水往角落坐去，南慧瑤則在飲水機旁幫所有人倒水。

廖院士喝了一口水，現在已經十點半了，但他依舊精神奕奕，看了秦苒半晌，才開口。

「我有幾個人要介紹給妳認識。」

秦苒抬頭，已經料到廖院士說的是誰了。她垂眸，握緊了手。

過了一陣子，她才抬頭，「您讓他們過來吧。」

取得秦苒的同意後，廖院士拿起手機撥打了一串號碼。

「研究院，老地方，你們先過來。」廖院士打完電話，把手機放到一邊，「他們這幾天就在附近，十分鐘就會到了。」

南慧瑤端著水杯喝了一口，看著廖院士跟秦苒，想問問到底是誰，但氣氛有些嚴肅，她不太敢問，只跟褚珩等人對視一眼。

十分鐘後，有人敲門，南慧瑤連忙去開門。

進來了五個人，臉上飽經風霜，衣著樸素，十分乾淨，骨瘦嶙峋，脊背挺得很直，風姿特秀，看得出一身清骨。

南慧瑤不認識，褚珩卻認識其中的一個人，驚聲說：「齊教授？」

物理界鼎鼎有名的齊教授，算得上老一輩的代表人物，只是一直不在研究院，跑去教書了。近幾年有些隱沒，但物理資料上有他的歷史，褚珩記憶好，看過一遍就能記得，當然認得他。

齊教授沒想到會被人認出來，他朝褚珩笑著點點頭，才看向休息室內的人。

秦苒最近一段時間在物理界的熱度都非常高，被評為今年物理界的年度人物，研究物理的每個人幾乎都知道這位新秀的大名。

這五人包括齊教授，都跟秦苒打了招呼，眸底忍不住讚嘆。

「妳就是秦苒吧，果真後生可畏！京城研究院未來可期。」

秦苒看著這五個人，有些哽咽，她垂下眼睫，遮住了眸底的紅色。

「齊教授、許教授……」

這五個人全都被秦苒點出了姓氏，不過他們也沒有多說什麼。雖然秦苒的名聲傳得很廣，但他們已經很久不管物理界的紛爭了，只是看著廖院士。

「廖高昂，你現在總要跟我們說你老師的後人在哪裡了吧？」齊教授沒忘記自己來這裡的目的，他徑直看向廖高昂，眼神迫切，「你放心，我不打擾他們，只聽聽消息。」

廖高昂沒有說話，轉過頭，一雙漆黑的眼睛看向秦苒。

這意思是……

齊教授這五人都愣住了，不可思議地看著秦苒，許教授當先開口。

「你說，她……」

廖高昂還沒回應，秦苒就撩起衣襬跪下。

她對五個老先生磕頭，一字一頓地開口。

「謹外公囑咐，見到五位老先生，先替外公跟老先生們道謝。秦苒羞愧，想等這番事了再找五位老先生，親自登門道謝。」

說完，秦苒雙手放在地上，再次磕頭。

這五個人是當初研究院數百名人員中，唯獨幾個支持寧邇的，最終都含血離開了研究院。

當初徐校長讓秦苒去連絡這五個人，秦苒沒照做，想先等事情穩定下來，不願再把這五人牽扯到這個亂流中，但沒想到他們自己先找上門了。

秦苒抿唇，忍住眸底的酸澀。

她現在有程雋、巨鱷、顧西遲跟常寧他們都有些難熬了，還無法保護徐校長。外公、外婆跟齊教授當初什麼都沒有，究竟是怎麼撐過來的？

「我早該想到的。」齊教授親自扶起秦苒，他看著她，手指顫抖，聲音有些哽咽，「除了老寧的後代，還有誰能二十歲就在美洲研究院創下壯舉，好孩子，快起來。」

此時已經十一點了，夜深人靜。

程水沉默地站在一邊看著，南慧瑤跟邢開等人也紛紛站起來，空出位置給五位老教授。

「難怪方震博迫不及待想要上位了，徐老他忽然去世……」

確定秦苒就是寧邇的後代，齊教授也想通了什麼，話說到一半便沉默了。他想起秦家那位驚才絕豔的家主，當初也是死得不明不白，而秦夫人殉情而去。

「妳外公都叫妳什麼？」

齊教授不想回憶這件事，他溫和地看向秦苒，目光充滿著慈愛。

「您叫我苒苒就行，外公他也這麼叫我。」秦苒伸手，幫五位教授都倒了茶。

「好，那我就隨老寧叫妳苒苒。果然是老傢伙的後代，青出於藍，我就說物理界怎麼會橫空出現了新星。」齊教授不由得感嘆。

五個人跟秦苒說著話，眉眼間絲毫不掩飾對她的喜愛及滿意。

「齊教授，我讓五位在這個時候來，是想希望你們重新回到研究院。」廖院士鄭重地開口，「不過，在此之前，苒苒，我想跟妳確認一件事。」

廖院士目光轉向秦苒，眉眼嚴謹肅穆，語氣鄭重：「徐老去世，妳現在在雲光財團的情況也不好，歐陽家、方震博都會對妳發難，徐家那邊……我也不覺得樂觀。妳如果現在放棄京城，直接去美洲，以後成就不可限量……」

「我不會離開京城的。」秦苒抬眸，直截了當地開口。

徐校長若是還活著，秦苒可能不太會參與這件事。

可徐校長死了，他拚死把研究院留給她，留下徐家，那她就會守住。

至於方震博，她也很想知道，對方究竟是有什麼三頭六臂。

秦苒低頭，眸底一片冷色。

廖院士看了秦苒半晌，對她的回答並不意外，點頭說：「好，五位教授，廖高昂請你們回來！研究院現在只有我站在苒苒這邊，我希望你們能回來，幫她！」

他不希望這次還看到孤家寡人的一幕。

秦苒看著廖高昂，握緊手中的杯子，她張口，卻沒說什麼。

齊教授看向秦苒，「我當然會好好守護老寧的後代，不過……」他苦笑，「現在可能幫不上大忙，我早就離開研究院了。」

秦苒站起來朝幾人鞠躬，眼眶微紅，手指緊握。

廖高昂知道這五位當初寧邇的左膀右臂都不會推辭，解決完這件事，他才看向站在一邊的南慧瑤等人。

「你們清楚研究院現在的情勢，大部分的人都會站在方震博那邊，南慧瑤、褚珩……你們四個要是想走，我替苒苒決定，絕對不會怪你們。」

目前的形勢，褚珩等人已經看到了。

邢開手插進口袋裡，抬眸：「廖院士，你開什麼玩笑，我怎麼會走。」

沒有秦苒，哪有現在的他？

褚珩跟南慧瑤也坐下，年輕人，總有些年輕人的堅持跟傲氣。

「廖院士，您繼續吧。」

聽著幾人的話，廖院士也有些動容，眼裡也多了一絲笑意，緊接著嚴肅地開口。

「既然如此，那你們一定要撐下去，方震博有一句話說的沒錯，走這條路，研究院不會有高層站在我們這邊，我們只會是孤家寡人，很難堅持。」

褚珩、南慧瑤嚴肅地點頭，齊教授也肅然開口。

「你們這群年輕人，唉……有方震博在，我們只能夾縫中求生存。」

一行人正說著，門外有人敲門。

這個時候會是誰？

「我去開門。」

南慧瑤就站在秦苒的沙發後面，聽到聲音，她第一個轉身開門。

門外，正是盛院士跟魯院士兩人。

這兩人最近兩天在實驗室頤指氣使，南慧瑤記憶深刻，她往後退了一步，微愣。

「盛院士、魯院士？請進。」

她側身，讓兩位院士進去，南慧瑤的聲音不小，休息室內的廖院士、齊教授等人都聽到了。

廖院士眉眼肅然，直接站起來擋在秦苒面前，看向兩位院士，開口。

「盛院士、魯院士，兩位是研究上還有問題嗎？」

褚珩、邢開跟葉學長也看向身後，如臨大敵。

「自然不是，廖院士，我們是來找秦小姐的。」魯院士開口，他笑了笑，態度十分禮貌，絲毫不見白天時咄咄逼人的樣子，「廖院士，你跟秦小姐一定要原諒我們這幾天裡的無禮，你們也知道，這一切都是因為方院長在其中挑撥，我們當然會站在秦小姐這邊。」

魯院士說著，拿出助理在倉皇中準備的禮盒，遞給秦苒。

「這是我給秦小姐還有廖院士你的賠禮，請你們務必要原諒。」

魯院士開頭，盛院士也不居於人後，拿出了他準備的禮盒，也遞過去：「秦小姐，還有我的，從今天開始，我盛奎就跟在妳後面混了。」

秦苒看著兩人，沒立刻回應。

研究院裡，她現在手邊只有葉學長這些人，他們是她日後的幹將，現在還沒成長，只有廖院士能掌管大局，五位老教授還需要時間，只能在暗地裡幫忙。

盛院士這兩人人品一般，但……世態炎涼，秦苒也能理解，畢竟她之前跟這兩人沒什麼交集。

站在秦苒身側的程水看了她一眼，就大概理解了她的想法。

他伸手接過兩人的禮盒，笑著幫秦苒周旋。

「兩位院士客氣了，以後都是一家人。」

要處理這種事情，他絕對比程木擅長。

見程水收了禮，魯院士跟盛院士才鬆了口氣，又和程水說了兩句才出去。
他們走後，休息室內，其他幾個教授都很安靜。
程水隨意地拆開禮物，「挺大顆的鑽石原石？秦小姐，這是份大禮了，那兩人是認真的，這兩人眼光不錯，難怪能坐到現在這個位置。」
竟然敢選年紀輕輕的秦苒，程水確實佩服他們。
這句話一出，休息室更加安靜。
廖院士感到有些不可思議地轉向秦苒。
秦苒神情淡然，她側了側身，伸手拿出盒子裡的原石看了看，手抵著下巴，評價道：「成色一般般。」一沒顧西遲那裡的好。
程水也點頭，淡定地回：「確實一般般。」
「有盛院士他們在，你們壓力不會太大。」秦苒看向廖院士跟齊教授等人，「齊教授，你們安靜做研究就好，其他交給我。」
「那雲光財團……」
秦苒將手負在身後，淡淡地說：「我去處理。」
今天晚上盛院士跟魯院士的出現出乎秦苒的預料，不過對她來說確實是件好事。
「齊教授，我先回去處理一件事，明天再來看你們。」
她朝五位教授再次鞠躬，才跟程水一起離開。兩人走後，休息室內依舊安靜。

齊教授手上還拿著茶杯，五位教授都沒想到這一切。

「那兩個人……是誰？」

「研究院的兩位院士，也是負責人。」褚珩恭敬地回。

「喔。」齊教授應了一聲，兩秒鐘後才反應過來，瞬間站起來：「等等，誰？」

邢開也挺老實的，他撓撓頭，看向廖院士。

「廖院士，你不是說我們是孤家寡人嗎？那盛院士跟魯院士他們是怎麼回事啊？」

話剛說出口就被自己打臉的廖院士：「……」

我怎麼會知道？

這一點，是齊教授萬萬沒想到的。

方震博是什麼人他很清楚，背後還有隱藏的勢力支持著他，當年寧邇跟偌大的秦家都拿方震博沒有辦法，更何況是現在的秦苒？

現在的情況也出乎齊教授的預料。

「研究院現在只有五個院士，加上我，有三個站在苒苒這邊，至於衛風副院長，他一向清流，不參與這些。」廖院士也緩過來，他正了神色，臉上也帶著淺淡的笑：「只要衛老不站在方震博那邊，我們完全不怕。」

衛風，研究院裡年紀最大、資歷最深的老院士，桃李滿天下，國內物理界隨手抓一個主管級的人出來，有五成可能都在他手底下做過事，或者是被他教過的。

他作為副院長，德高望重，只是不太愛管事，一生都奉獻給實驗室。現在研究院大部分的人都開始站隊了，他還飛去國外搞研究。

不過這樣也好，至少不會站在方震博那裡。

要是衛風真的力挺方震博，他們這條路，就真的萬分艱難。

「就怕方震博出陰招。」齊教授回過神，「對付他，我們千萬不能掉以輕心。」

「我知道。」廖院士頷首。

第四章　不記名黑卡

一天內從雲城奔波到京城，又處理了這麼多事，等秦苒回別墅時，已經將近凌晨一點。

整個別墅很安靜，一樓的大燈是開著的，聽到聲音，程木便出來開門，寧薇跟沐楠也沒有上樓休息，在樓下等她。

寧薇不知道在想什麼，沐楠拿著電腦在做原文翻譯。

秦苒隨手把外套放在左邊的架子上，朝寧薇看去。

「小姨，你們怎麼還不睡？」

「要去睡了。」寧薇自從來到京城，精神就一直有些恍惚，動作也很拘謹。

秦苒那麼晚還出去，她自然不放心，看到秦苒安全回來，她才從沙發上站起來，低頭抿了抿唇，開口。

「苒苒，妳早點休息。」

說完之後，她又向秦苒叮囑了幾句才上樓。

秦苒站在原地，看著寧薇走到樓上，才坐到沐楠對面。

「我已經看好房子了。」沐楠抬了抬眼眸，手指敲著鍵盤，一雙眸子漆黑深邃，「就在附中旁邊。」

秦苒微微頷首，「好，有什麼要幫忙的就說。」

「沒了。」沐楠敲下最後一個字母，看著翻譯沒出什麼錯，就把翻譯好的檔案傳給了雇主，「明天辦完手續，我想去看看宋大哥。」

「宋大哥？」秦苒接過程木遞給她的一杯牛奶，低頭喝了一口，「宋大哥和他老師去韓國那邊的實驗室交流一個星期，還要兩天才會回來。」

研究院管理層的人打得不可開交，但大部分普通研究員都還沉浸在實驗跟案子裡。

「我知道了。」

沐楠寄出郵件，檢查過內容沒有疏漏，就把電腦闔上。眼睫垂著，半晌，他站起來看著秦苒，從口袋裡掏出某個東西遞給秦苒。

「這是外婆留給我的。」

秦苒看了眼，沐楠手裡的是一塊看不出材質的黑色牌子，上面有一個淺淡的「寧」字。是外公的東西。

她沒有接下，只挑了挑眉，把沐楠的手蓋上，「給你的，就拿好。」

說完後，她一手端著牛奶，一手拿著手機，似乎在傳訊息給某個人。沐楠看著秦苒的背影，薄唇抿起。

「沐盈被我媽趕出去了，給了她三萬人民幣，直到她成年。」

「知道了。」

秦苒拿著手機，隨意地朝後面揮了揮手，若不是沐楠突然提起，她都快忘了這個人。

「沐楠兄弟，」一旁的程木打了個哈欠，也覺得睏了，「明天程金帶你去附中，附中的入學考有點嚴格，你好好準備。」

「謝謝。」沐楠朝程木頷首。

程木擺手，又想起一件事，「你爸爸的轉院手續也辦好了，明天就能轉到一院。」

沐楠頷首，在心裡計算著這一切的費用，眸底更為堅毅。

他向程木跟程水兩人打了招呼，也上了樓。

身後，程水看著沐楠的背影，拿了根菸叼上。

「這沐楠不是池中物。」

「秦小姐一家人都奇奇怪怪的。」程木不太意外，「他有秦小姐厲害嗎？」

「沒有，還差了點。」程水想到他剛剛看到的黑色木牌，笑著說：「這一家人不錯。」

他安排寧薇一家的時候，當然也查了他們的資料。

知道沐楠的父親是植物人。

「沐楠像秦小姐……」程木想了想，「跟他爸完全不一樣。」

「別跟老大一樣，最近老是關注別人長相。」程水瞥程木一眼。

程木面無表情地收回目光，不再跟程水說話。

樓上，秦苒房間——

她洗完澡出來，剛好凌晨一點半，她擦著頭髮走到窗邊，把窗戶打開。

過了三月，京城已經沒那麼冷了。

秦苒站在窗邊半晌，手還按著頭髮，目光冷靜地看著安靜的別墅，她拿出手機打開副卡，副卡上只有三個連絡人，她直接點開備註「1」的號碼。

『阿九，我確實還活著。』

＊

與此同時，京城某個角落——

坐在大廳左首，戴著金色面具的男人猛地站起來，他低頭看著這則簡訊，一雙漆黑的眸子猛地閃過一道光，也不管其他人還在開會，直接往門外走。

「您要去哪裡？楊先生還在等我們。」一首座上，中年男人不由得站起來。

男人周身氣勢絕冷，一個活生生的冷血羅剎，即便他最忠實的心腹也怕他到不行，他聲音冰冷，沒有絲毫情緒。

「有事。」

會還沒有開完，其他人看著他的背影，沒有人敢上前說什麼，氣氛十分沉默。

等他離開後，才有人開口。

「謝副盟走了，我們怎麼辦？楊先生那邊……」

「他走了，我們能怎麼辦。」謝九離開後，中年男人才鬆了一口氣，「楊先生那邊如實相告，副盟要走，誰能勸他？盟主都拿副盟沒辦法，他就是一個冷血動物，被惹怒了殺了人我們也不會知道，我們還是不要對上他。」

「盟主都沒有辦法……那整個盟不是沒人能掌控他……」手下不禁心有戚戚。

盟主很少出現在聯盟，事情大部分都是謝九在處理，今天才聽到內部的事情。

「我不知道，反正盟主很信任他，不過……倒也不是沒人能勸他……」中年男人說到一半，又頓了一下。

「誰啊？」地下聯盟最近兩年添了不少新人，聞言，都十分好奇地看向中年男人。

「不能提。」中年男人想起了什麼，連忙閉嘴，他嚴肅地看向身側的人，「尤其是在盟主、副盟還有副盟的四大殺手面前，誰也不能提！不然，我都保不了你們！」

其他人本來就極度畏懼謝九，一聽中年男人這麼說，便徹底收起好奇心。

＊

別墅——

傳完這則訊息，秦苒就平靜地伸手關上窗戶，低頭看了手機上的時間後，才開了電腦撥出視訊。

螢幕上很快出現了一張臉，對方那邊是白天，似乎在街道上，穿著黑色襯衫。

鏡頭轉了轉，清楚地看到清俊的面龐，他手機拿得很近，能看到他纖長的睫毛，臉上是熟悉的笑容。

『這麼晚還沒睡？』

正是程雋。

「剛從研究院回來，你那邊沒事吧？」秦苒喝了口牛奶，放了很久，有點涼了，奶腥味很重。

『沒事，妳等等……』程雋彎腰，左手拿著手機，右手把身邊的人腦袋轉過來，『弟弟，跟你姊打招呼。』

電腦螢幕上，秦陵的臉忽然出現，只是一雙眸子黑漆漆的，臉上躁意明顯，明顯不耐煩。

看到秦苒，他臉上的不耐煩瞬間消退不少，面無表情又膽怯地說：

『姊……』聲音裡還帶了點委屈。

正想再說什麼，程雋就直接打斷他，一本正經地告狀。

『妳弟弟他欺負我，本來想打電話給妳，結果手機剛剛一個小時都沒打開。』

秦苒把空杯子放到桌子上，看了秦陵一眼。

『沒事，畢竟是弟弟。』程雋拍拍秦陵的腦袋，才看著秦苒，正色道：『妳萬事小心，國內最近很複雜，有緊急情況就跟程水商量。』

『早點睡，國內都兩點了。』程雋皺眉，讓秦苒掛斷電話。

「喔。」秦苒看著他，滑鼠移到紅色的按鈕上，半晌沒有點下去，用另一隻手撐著下巴，「你什麼時候回國？」

聽到這話，程雋頓了頓，也輕嘆了聲。

『等我處理完這邊的事，明天或者後天，我會盡早回來，最近乖一點，等我回來再說。』

「晚安。」

*

非洲——

程雋掛斷電話，又低頭看了手機半晌，才輕嘆一聲。

秦苒去雲城一段時間，他一直在京城，等她回京城了，他又來非洲，好在秦陵這邊沒出什麼事。

「表演得不錯，你姊姊沒懷疑。」程雋笑。

身側，秦陵垂著腦袋，半晌，他才小聲開口：「謝謝。」

「謝誰？」程雋把手機塞回口袋裡，似笑非笑地看向秦陵。

「謝謝你。」秦陵面無表情地回應。

程雋笑意懶散，「弟弟，我是誰？」

秦陵閉嘴，徹底不說話了。

「老大，程水那邊有新消息。」那邊，程土拿著一份文件匆匆趕過來。

程雋正了神色，他也只是逗逗秦陵，此時有條不紊地吩咐下去。

「讓人先把小陵送到唐老那裡，其他我再看。」

說完，他才又低頭看向秦陵。

「先去你舅公那裡。」

秦陵沒說話，程土吩咐了兩個人把他帶走。

秦陵跟著兩個手下離開，走了兩步又跑回來，頭垂得很低。

「謝謝……」

程雋正在跟程土說話，沒注意到秦陵又回來了，聽到他的聲音，程雋下意識地偏頭，隨意地問：

「什麼？」

秦陵猛地抬頭，「謝謝你，姊夫！」說完後，漲紅著臉一下子跑開了。

身後，程雋愣了幾秒，才搖頭失笑，「這小子。」

程土也意外地看著秦陵離開的方向，跟著笑了兩聲，才正了神色看向程雋。

「地下聯盟的人出現在京城，明海那邊也找到了巨鱷。巨鱷跟我有仇，他跟明海聯手，我們會有些麻煩，老大，我們要不要去找秦小姐……」

程土知道，巨鱷跟秦苒很熟。

程雋搖頭，他手指動了動，從口袋裡掏出一根菸，光明正大地叼上。

「別去為難她。」

「那我們……」程土嘆氣，「京城太亂了。」

「可以找其他人。」程雋撣了撣菸灰。

程土挺詫異，「還有誰？」

程雋轉身，瞥程土一眼，「孤狼。」

「孤狼是一二九元老，也是核心人物，有他出場，巨鱷這邊就很簡單。」程土點頭，又無奈，「但是……那位現在已經連單都不接了……」

找他？天方夜譚吧。

明海找上巨鱷，找上一二九，在程水跟程土等人的意料之中。

畢竟歐陽薇這個棋子放在京城那麼多年，一定要派上用場，如果是其他時候就算了，偏偏現在有地下聯盟在一旁虎視眈眈。

程土也不得不小心翼翼。

地下聯盟跟其他勢力不一樣，不管是在美洲還是非洲，都是居於前三的大勢力，與他們旗鼓相當，不能出任何一點錯。

「先找一二九談判。」程雋咬著菸，淡淡開口。

「好。」程土點頭，將這件事安排下去。

＊

兩天後，秦苒和沐楠去醫院看過沐楠的父親，才跟沐楠一起出來。

「宋大哥今天回來，約在京大附近的咖啡店。」秦苒將手插進口袋裡，正在跟沐楠說話。

他們等一下要去見宋律庭。

她剛跟沐楠說完，口袋裡的手機就響了。秦苒隨手拿出來，低頭看了眼，打來的正是言昔。

『大神。』手機那頭的言昔剛熬了幾天夜，從房間內出來，一臉倦色，眼睛熬得通紅，

『我剛剛才聽說雲光財團的事，妳沒事吧？』

「沒事，好得很。」秦苒本來也打算連絡言昔，對方剛好就打過來了，「你那邊怎麼樣？」

最近幾年，秦苒就是藉著雲光財團的方便，幫言昔做了不少事。演藝圈是比京城還會趨炎附勢的圈子，秦苒擔心言昔會受影響。

『妳沒事就好。』言昔無視經紀人的眼神示意，嚴肅地開口，『大神，妳如果有什麼需要幫忙的，儘管說。』

「行了，你……」秦苒不由得笑了下，「我還沒到這種程度。」

她本來還想跟言昔說合約的問題，不過言昔沒有主動提起，她也就沒說，等明天去找言昔。

兩人掛斷電話，秦苒坐到車上，看著手機，又打電話給秦修塵。

『妳說言昔？』秦修塵那邊剛回國，他把行李箱遞給經紀人，聞言，頓了一下，『他合約還有幾年，要不要簽到我的工作室？』

「他當年被騙簽了十年的合約，還剩五年。」秦苒想了想，回道。

那時，她知道的時候已經晚了。

『五年？』秦修塵算了一下，『天價違約金，他的公司應該不會放過他。』

五年的合約，以言昔現在的地位，確實是天價違約金。

「解約這件事……」秦苒往後面靠了靠，「我來解決。」

『妳能解決就好。』秦修塵笑了笑，他停在車邊，嘆息，『要不是二哥跟秦管家告訴我，我還不知道，雲光財團……』

瘋了吧。

他不是那個圈子裡的人，但聽秦管家他們說明，也了解 poppy 的影響力。

『陸先生說要公開妳的消息？為了增加秦氏的凝聚力。』秦修塵又想起一件事。

「別聽他胡說八道。」秦苒嗤笑。

陸知行不過是為了光明正大地奴役她。

對於陸知行跟秦苒的關係，秦修塵也不好多說，他只是笑著。

『不過要是一公開……』

恐怕是ＩＴ界今年最大的風暴。

＊

汪老大一言難盡地看向言昔，「你怎麼不說說你現在的問題？」

「我現在有什麼問題？」言昔臉上的神色很淡，看不出任何急色，還不急不緩地把手裡的文件全都收起來：「大神那邊沒事就好。」

「你的贊助商把你下一場演唱會的投資都撤了！」汪老大看著言昔，直接說。

「喔。」言昔點點頭，還是一副無所謂的態度，「沒事，只要還能寫歌就好。」

「你……」汪老大看著言昔，張了張嘴。

言昔這些年來順風順水，一直安心做音樂。背後有雲光財團跟江山邑在，他不接廣告，不拍電視，也不怎麼上綜藝，唯一上過的綜藝還是因為秦苒。

他的單曲賺了不少錢，七成都在公司那裡。

如今雲光財團那邊出了問題，公司以前順著言昔，現在可不會輕易放過他這麼大一棵搖錢樹，到時候讓言昔接廣告、接綜藝……

汪老大心思凝重。

「大神那邊確定沒事嗎？」汪老大知道說出來也於事無補，因此換了另一件事，他皺眉，「雲光財團把事情鬧這麼大，到底想幹嘛？」

言昔抓了抓亂糟糟的頭髮，不再想這件事：「我去洗澡。」

「去吧，明天還要去一趟公司。」汪老大沉聲開口，公司那邊可不能這麼輕易敷衍過去。

＊

秦苒正跟沐楠一起在餐廳等宋律庭。她坐在裡面把玩著手機，手機依舊是遊戲頁面。

遊戲玩到一半，手機上方跳出一則通知。

秦苒隨意地瞥了眼，是常寧——

『非洲巨頭要找妳合作。』

秦苒隨手把通知清掉，打完手上這局遊戲，才慢悠悠地點開常寧的訊息回覆。

『休假中，勿擾。』

常寧：『休假？』

門口的風鈴響起清脆的聲音，秦苒一抬頭就看到宋律庭穿著一身素衣，拿著書不緊不慢地往這邊走。

秦苒沒立刻回覆，她把手機放到一邊。

「宋大哥。」

身側，沐楠也激動地站起來，「宋大哥！」

「先坐。」宋律庭坐到秦苒對面，把手中的物理研究資料放到桌子上，「我看你都成網路上的翻譯大神了，有想當口譯的想法嗎？」

翻譯這條路，起先是宋律庭幫沐楠介紹的，後續宋律庭空閒了也會關心一下。

對於秦苒、明月、魏子航跟沐楠這些弟弟妹妹，宋律庭總有些掛心。

「你讓全國物理賽第一名，提前拿到京大錄取通知書的高材生去做口譯，江院長不會放過你的。」秦苒抬頭，瞥了宋律庭一眼。

提起江院長，氣氛瞬間放鬆下來。

「江院長下手真快。」宋律庭搖頭，幾個人閒聊了幾句，他才從容不迫地看向秦苒：「事情的經過我聽實驗室裡的人說了，我剛剛去拜了徐老。」

提起徐校長，秦苒也垂下眼睫，轉移話題，「你老師回來了嗎？」

「一起回來的，方院長有事找他。」宋律庭隨口回了一句，接著轉向沐楠，「你爸爸現在還那樣？」

「嗯。」沐楠拿著咖啡杯，「不好不壞。」

宋律庭點了點頭，把一杯咖啡喝完，才淡淡開口，「徐家跟美洲的生意接軌了？」

秦苒往後靠了靠：「過兩天就交貨。」

「有人盯著嗎？」宋律庭看秦苒一眼，眉輕輕地皺起。

「有。」秦苒笑，她親自盯。

手邊的手機響了一聲，宋律庭低頭看了一眼，沒立刻接，他看向秦苒。

「實驗室那邊……」

「宋大哥，你好好做研究。」秦苒正色。

徐校長之後，她不想再把他們牽扯進來。

宋律庭又瞥了她一眼，指尖清清冷冷地敲著桌子，沒再說話。

＊

秦苒等宋律庭去了研究院，便讓程木把車開到徐家。

程木剛發動車子，她手機就收到了一則訊息。

『言昔去了星娛樂。』

星娛樂，言昔現在的簽約公司。徐老死後，秦苒就安排了幾個人去盯著言昔跟潘明月這些人。

收到訊息，秦苒抬頭，把手機一握。

「程木，去星娛樂。」

「星娛樂？」程木對演藝圈不太熟悉，便開了導航。

他看向後照鏡。鏡子裡，秦苒依舊半靠著窗，手中把玩著一張黑卡。

程木認識，這張卡程金就有一張，不記名。

＊

二十分鐘後，抵達星娛。

「抱歉，這是專用電梯，請問小姐您有預約嗎？」

星娛電梯外有保全守著，把秦苒攔下。

程木站在秦苒身後，壓低聲音：「秦小姐，我把他們扔出去……」

秦苒一直在把玩著手機，手機上似乎有幾行數字跳過。

「不用。」她隨口回答。

與此同時——

『認證通過！』

如今因為雲光財團的普及，大部分的電梯不是指紋就是瞳孔認證。

看到電梯門開了，兩個保全連忙退到一邊，「小姐，請進！」

秦苒淡定地進了電梯。

程木本來想一手拎一個保全，看到電梯門開了，他挺了挺胸膛，十分嚴肅地跟著秦苒進去。

電梯門緩緩關上。

星娛辦公室門外，汪老大嚴肅地看著言昔。

「言昔，你等一下記得，我們現在跟以前不同了，總裁絕對是要跟你說綜藝還有廣告的事情，你別說話，我幫你周旋，別給大神惹麻煩。」

言昔是圈子裡的清流，一心只想創作音樂，不炒作也不拍戲。

一開始汪老大也不懂言昔的做法，後來被他這種對音樂的執著打動，沒再勸他。只是，如今雲光財團這個後盾沒了，言昔不可能像以前那般隨心所欲。

「好。」言昔戴著口罩，應了一聲。

兩人進去，星娛老總正在跟人笑咪咪地說話。

「放心，我這邊肯定沒問題。」

看到言昔進來，星娛老總頓了下，「看，言昔這不是來了嗎？言昔，這是李導，梨子臺最出名的大導演，去年很紅的綜藝節目《逃離凶宅》你們知道嗎？我替你簽了這檔綜藝，過兩天準備一下進組，先把協議簽了。」

言昔低頭，沒有說話。

汪老大笑著跟老總打太極，老總還不算離譜，沒過度消費言昔的人氣，合約簽了就簽了。

汪老大示意言昔簽下，言昔拿著筆，簽了自己的名字。

看他們這樣，老總笑得越是開心，他看了看言昔簽署的文件，然後又想起一件事，對祕書道：「讓江絮進來。」

沒多久，一個身材高挑的女生走進來。

老總往椅背上靠：「言昔，這是我們公司的練習生，以第一名成績出道的，你讓江山邑幫她寫一首歌。」

神級編曲江山邑，圈子裡的人都知道。言昔最紅的時候，有不少人利誘言昔的助理，只為了跟江山邑合作。

星娛老總怎麼可能不眼饞？

只是那時候星娛樂傳出內部消息，就算是星娛老總也不敢隨意動言昔，更別說他身後的那尊大佛江山邑。

可現在情況不同，秦苒就是江山邑的身分眾所周知，眼下雲光財團公開嘲諷秦苒，這件事在網路上傳得沸沸揚揚，輿論都被雲光財團控制了，微博上到處都在對秦苒落井下石。利用千萬水軍控制輿論是一件非常恐怖的事。

京城裡，不說徐家，就算是四個家族加起來也不夠雲光財團把玩，演藝圈就是這樣的存在，世態炎涼之下總是趨炎附勢。

言昔已經把綜藝合約簽完了，他不是很擅長處理人情世故，卻也知道這時候汪老大是對的，他不想給汪老大還有秦苒添麻煩。

綜藝要簽就簽。

可是星娛老總提到秦苒，他不禁握緊拿著筆的手，因為接連幾天通宵，精神看起來不是很好。

「不可能。」

「這件事容不得你拒絕！你不要忘了，你當初是怎麼紅起來的，要不是公司舉辦的選秀節目，你能有今天？只是讓你叫江山邑幫江絮譜曲而已！你還給我擺起架子了！」星娛老總一拍桌子。

「總裁，你別氣，我跟言昔好好聊聊……」汪老大笑著安撫星語老總，然後把言昔拉到外面，小聲對他說了幾句。

辦公室裡面，祕書看向星娛老總。

「總裁，這樣逼言昔沒關係嗎？江山邑那邊，雖然雲光財團跟她切割了，但徐家還有京大那邊……」助理有些不安。

「能有什麼問題，她但凡有點能力，會被全網嘲諷？整個亞洲的IT都掌握在雲光財團手裡，你看最近網路上的輿論就知道了。你看言昔敢不敢反抗？要是反抗，違約金都夠他花十輩子來還了。」星娛老總點了一根菸，神祕兮兮地道：「雲光財團有內部人透露了情報給我，那秦苒確實不行了。」

然後看向江絮，「寶貝，妳放心，我一定讓江山邑把妳捧得和言昔一樣紅。」

兩人正說著，外面的言昔跟汪老大已經商量好進來了。

「考慮得怎麼樣了？」星娛老總笑咪咪地看向言昔。

「考慮好了。」說話的是汪老大，言昔站在汪老大身後，沒有開口，「總裁，您也知道江山大神跟言昔畢竟沒有合約，我們勉強不了大神。」

星娛老總的臉瞬間黑了。

汪老大又繼續笑，「我知道您是想捧江絮，我跟言昔商量過，不一定要讓大神為她量身作曲，我們言昔可以帶江絮。以言昔學妹的身分出道，兩人捆綁炒作一番，您應該也知道言昔是演藝圈的流量之王，僅次於秦影帝，有他在，用不著擔心江絮。當然，您不滿意，我們言昔還可以多接兩個綜藝節目。」

汪老大說這句話的時候，心都在滴血。

言昔確實是圈子裡少有靈氣的歌手，身邊一直很乾淨，現在跟女藝人不清不楚，不僅他的人氣會驟然下降，網友跟其他家的黑粉肯定會洶湧而來。但汪老大也沒有辦法。

找秦苒？叫秦苒量身訂做江絮的曲子？那江絮要是有實力就算了，一個連五線譜都看不懂的人憑什麼！她也配？

更何況，秦苒本來就是無償幫言昔編曲的。

退一萬步來說，就算這一次秦苒答應了，言昔也退讓了，誰知道星娛老總會不會變本加厲，再強迫她去幫他那個實力參差不齊的女團作曲？

汪老大這番話徹底戳中了星娛老總的癢處，演藝圈裡個個都是人精。言昔肯主動配合，確實比強制要求他更好，很識相。

星娛老總的臉色由陰轉晴，笑咪咪地看向言昔。

「兩位稍等，我讓祕書重新擬一個保密合約，老汪，還是你懂我。」

汪老大臉上也掛著輕鬆的笑意，垂在兩邊的手卻握得很緊。

這種合約都有範本，列印一份不需要兩分鐘。沒多久，祕書就拿著一份新的合約走進來，汪老大接過來看了看，上面寫了很多。

言昔最少要保持兩年跟江絮的緋聞關係，還要幫江絮作曲……是不平等合約。

汪老大有一股罵人的衝動，言昔卻一臉平靜地看完，接著拿起筆，毫無波瀾地準備簽字，比起聽到星娛老總叫秦苒作曲時的憤怒，他現在平靜到不行。

筆下一個「言」字剛簽完，外面就傳來了聲音。

「對不起，小姐，您不能進去……」

在嚷嚷中，辦公室的門被人打開了，言昔跟汪老大朝門外看了一眼。

秦苒把頭頂戴著的鴨舌帽取下，容色冷豔，不緊不慢地朝走進來。

言昔拿著筆，一愣。

「大神？妳怎麼來了？」

秦苒沒回答，兩步就走到言昔身邊，隨意拿起他手底下的文件。

「簽了什麼？」

合約有三頁。

秦苒看這類文件一向很快，第一張的內容很快就看完了，後面兩張的內容她看都不看。

只偏頭，抿唇看向言昔，輕輕笑著，聽不出說話的語氣。

「一週一次緋聞，女方不說話，你回應，這種蠢事你也幹？」

言昔的嘴角動了動，然後垂頭，聲音有點弱地嘀咕一句：「我喜歡。」

秦苒很了解言昔的個性，這裡面肯定有內情。

她點點頭，沒再問，直接把這份合約捏成一團，看都不看便往後一扔，紙團精准地被丟進不遠處的垃圾桶。

「大神！冷……」汪老大話沒說完。

後面的「靜」字被他吞回腹中，眼睜睜看著紙團被扔到紙簍，雖然現在這麼說不太適合，但真的很痛快。

辦公椅上的星娛老總反應過來，他站起來，一把將手中的杯子摔到地上。

「你們什麼意思？耍我？」

汪老大面色微變，他笑：「總裁，有話好好說。」

秦苒也找了張椅子坐下，她看向星娛老總，揚眉，沒說話。

看著汪老大的反應，星娛老總才有種掌控了一切的感覺，他頓了頓，然後繼續說：「剛剛的合約重新理一份，還有，江山邑每年要為江絮作曲兩首。」

「您已經答應了言昔參與炒緋聞，就不用大神作曲！」汪老大抿唇，壓抑怒氣。

這些話一出，秦苒終於明白言昔會簽下合約的實情。

「想讓我作曲？」秦苒偏頭，似笑非笑地看向星娛老總。

「秦小姐，妳很識相。」面對秦苒，星娛老總眸光漸深，笑得意味深長。

秦苒勾了勾唇，手撐著下巴，不緊不慢地吐出兩個字：「作夢。」

「行，很好，很有骨氣，我看你們是想解約！」星娛老總冷笑。

「不是，總裁，我們完全沒有這個想法。」汪老大連忙笑著圓場，他壓低聲音對秦苒道，「大神，妳別刺激總裁了，言昔順風順水了這麼多年，讓他傳些緋聞沒什麼的。不能真的解約，他的違約金……總之妳別管他這件事，我知道妳現在的情況，過完這段時間就好了……」

說完後，汪老大才看向星娛老總。

秦苒看著汪老大，半晌，她點點頭，不吭聲了。

看秦苒被安撫好了，汪老大才鬆了一口氣，繼續和星娛老總談判。

「你們能好好聊就好，江山邑不願意編曲也行，言昔的綜藝還要再接幾個，電影跟電視劇我也會看著接……」星娛老總慢慢說著。

祕書在他旁邊重新擬合約。

辦公室內沒有了其他聲音。

半晌，祕書把新的合約印出來，遞給汪老大，被秦苒半路接走。她低頭看了看，依舊是不平等合約。

言昔走過來，「大神，我先簽。」

「誰准你簽了？」秦苒淡淡看他一眼。

「秦苒。」星娛老總看著秦苒拿著那張合約，「很好，我看妳還真的把自己當一回事了！解約！」

與此同時，秦苒口袋裡的手機響起。

她低頭看了眼，是一個京城的號碼：「到了？」

對面是一道男聲，『嗯，櫃檯說沒預約。』

「你有。」秦苒似乎笑了笑。

『沒……』那邊的男聲頓了下，又疑惑，『還真的有預約，好，我上電梯了。』

打完電話，秦苒手撐著桌子站起，不緊不慢地看向星娛老總。

「爽快，解約。」

「大神，我們解不了，違約金我們出不起，嚇嚇他就行了……」

汪老大拉拉秦苒的袖子，還想說什麼，但秦苒只看向門口。

「戚先生，這邊請。」門外，警衛帶著一個高大的男人進來。

「秦小姐，我沒來晚吧？」那人看著辦公室內的人，不動聲色地道。

「戚律師。」秦苒頷首，禮貌地打招呼：「麻煩你了。」

「小事。」對方擺了擺手。

秦苒把黑卡給了他，然後看著言昔跟汪老大說：「先跟我回去。」

這兩人面面相覷，跟著秦苒離開。

「那、那是……」汪老大人脈廣，「我好像在新聞上見過他，他是不是京城很有名的律師戚呈均？」

秦苒隨意地點頭。

汪老大沒再糾結戚呈均，又擔心起解約，不由得苦笑。

「大神，妳太衝動了，妳知道違約金多少嗎……」

最少十幾億的違約金呢，再給言昔十年都出不起。

秦苒卻看著汪老大，笑了笑，「真以為我倒了？」

汪老大一愣，「網路上……」

秦苒拍拍他的肩膀，再次把鴨舌帽戴到頭上，她看了看手機上的時間，時間差不多到了。

「看看秦氏官網。」

＊

辦公室內——

秦苒等人一走，星娛老總頓感一陣不妙。

言昔就算不接綜藝，也是公司的搖錢樹跟門面擔當，他會跟言昔提解約，不過是在威脅言昔而已，畢竟那是天價違約金，以言昔現在的財產絕對拿不出來。

現在秦苒真的讓言昔解約……

那他的公司不就沒得玩了？股票都會暴跌！

尤其還要面對戚呈均，星娛老總後悔了，他太貪心了。

他還沒跟戚呈均談違約金的事情，身旁的祕書接到一通電話，迅速拿出手機點開微博，看到一則通知，愣愣地說：「總裁……出事了！」

「什麼？」星娛老總抬頭。

祕書把手機給星娛老總看，是微博熱搜。

『poppy、qr』

『雲光財團 poppy』

『秦氏秦苒』

時隔半年，ｑｒ再度占領熱搜，消息如龍捲風般席捲，網路上的輿論瞬間變了風向。

星娛老總都沒想到，他只不過是想要流量之王言昔替公司狠狠撈一筆，順便再幫他帶個新人，怎麼樣也沒想到言昔真的解約了，秦苒後續還能鬧出這些事。

每個領域都有每個領域的規則，文學界、科學界、ＩＴ界、電子界……每個領域都有封神的存在，像京城演藝圈就是江家封神，演藝圈中撼動不了的巨擘。

星娛老總沒聽過 poppy 的名字，但如今國內幾乎每臺電腦上的安全系統都是 poppy 開發的，她要是收費，那她的私人財產幾乎無法想像。
IT界公認的一件事——誰都可以罵，但你要罵向來無私分享核心技術的 poppy 跟陸知行，那就是整個IT界的公敵。
這就是為什麼偌大的雲光財團留不住二十八樓大將們的原因。
星語老總呆坐在椅子上。
言昔解約了，公司哪還能利用他的名氣去吸引新人跟投資商？靠江絮？
星娛老總真心後悔了，他不該貪心，不該隨意聽信雲光財團的消息，只能看著對面的笑面虎。
連戚呈均都搬出來了，秦苒那邊肯定沒有想跟他好好商量的想法……

*

車上——
汪老大坐在副駕駛座上，專心致志地看著微博，時不時回頭看秦苒一眼。
「你們現在住在哪裡？」秦苒跟言昔坐在後座上。
「星娛分配的地方。」言昔收回目光。
言昔是公眾人物，普通社區防不住狗仔，言昔一直住在隱蔽性很高的社區，不然就是待在工作室，當時有雲光財團在背後，星娛對言昔照顧到了極致，環境不錯，言昔就一直沒有搬，如今跟星娛解約了，當然不能再住在那裡。

「新的位址我讓我叔叔幫你安排。」秦苒把頭上的鴨舌帽拿下來，她咳了兩聲，才繼續開口：「你知道我叔叔吧，你要進他的工作室嗎？或者你們也可以自己開一個工作室。」

「那我跟秦叔叔簽約吧。」言昔正色，「我可以多接幾個綜藝。」

這次跟星娛的違約金他確實付不起，言昔也有自知之明，只能多幫秦叔叔多接幾個綜藝。跟星娛不同，在秦影帝工作室旗下簽綜藝，言昔十分樂意。

他心裡想著，跟秦影帝簽約的時候商量一下，讓他以後多接幾個節目。

程木將車開到秦家，正好秦影帝也剛到家。

「瘦了。」

在裡面聽到傭人說秦苒到了，秦影帝一杯水都沒喝就走出門外。

秦苒從車上下來，接近四月的天氣，她穿著黑色刷絨的帽T，裡面只有一件白色襯衫，袖子跟腰部都有些空隙，也看得出眉眼之間的涼意，但一身的意氣鋒芒依舊掩蓋不住。

如今秦家、秦苒跟程雋那邊都不安穩，連秦漢秋都站出來了。秦修塵緊趕慢趕，還是導演通融了，才提前拍完了自己的戲分匆匆趕回來，最近也沒接任何通告。

「言天王，我們進去再說。」

秦修塵伸手揉揉秦苒的頭，才看向言昔。

秦苒看著秦修塵，手指緊握。

自從知道秦老爺的事情後，秦苒就有點不敢面對秦家人。

「你們聊合約的事情吧，我去一趟徐家。」

秦苒說完，手指抵著唇，低聲咳了一下，她站在大門口，沒進去。

徐家研究院本來就不太安穩，最近又把重心放在美洲，這次的交易十分重要，秦苒要親自去看。

「生病了？」秦修塵擰著眉看她一眼。

秦苒搖頭，不太在意：「可能著涼了。」

秦修塵管不了秦苒，他皺了皺眉，頓了下才緩緩開口。

「去吧，別太累，實在不行，就回秦家。」

「萬事小心。」

*

徐家——

徐管家跟徐搖光都忙著交接的事情，秦苒過來的時候，他們還在開內部大會。

「秦小姐。」看到秦苒，徐管家連忙站起來，把自己的位子讓給她。

「不用。」秦苒從旁邊拖了一張椅子過來，她看了徐管家一眼，「你們繼續聊，我聽著就行。」

會議桌旁，徐二叔看了秦苒一眼，又低下了頭。

「明天在城北出發。」徐搖光放下手中的文件，看向秦苒，語氣清冷，容色嚴肅：「我們還有一批人馬在美洲，這一次要萬分小心。」

如果有人從中作梗，這次對徐家絕對是沉重的打擊。

秦苒微微交疊著腿，臉色看起來有點蒼白。

聞言，她略微頷首，「我知道了，明天晚上的行動，我跟你們一起。」

「妳……」徐搖光看著秦苒，略微皺眉：「妳是不是生病了？」

「沒事，有一點感冒，研究院的兩大負責人已經選擇站在我這邊了，沒有太大的問題，我跟你們一起去比較保險。」秦苒雙手環胸，淡淡地開口。

徐搖光搖頭，他收回目光，「既然生病了，妳就留在京城，我來帶隊，有郝隊在不會出事。」

秦苒沒理會徐搖光，吩咐徐管家。

「明天晚上我跟你們一起去，你們先準備好。」

「秦小姐，青林先生那邊……你們鬧矛盾了嗎？」徐管家點頭，又詢問一句。

秦苒搖頭，閉口不談：「沒事。」

聽她這麼回答，其他人也沒多問。

青林已經離開徐家了，徐家人沒有多問青林去了哪裡。青林走後，大部分的人都鬆了一口氣，尤其是徐二叔。畢竟再信任秦苒，青林也不是徐家人。

秦苒吩咐完，看了看手機上的時間，程雋這時間差不多快到京城了，她才起身。

「就這樣吧，我先回去。」

她走後，徐搖光才看向徐家眾人，擰眉。

「她生病了，你們非讓她去不可？」

徐二叔低頭，眸光閃爍，沒有說話。其他人也沒開口，秦苒的實力大家有目共睹。有她一起去，肯定會更安全。

第五章　隱藏的真相

機場——

程雋跟程土一起下了飛機，非洲不是很冷，程雋就穿著一件單薄的襯衫，不急不緩地從出口處出來。

秦苒就靠在不遠處的欄杆旁，容色淺淡，精細的眉眼之間難掩恣意，即便戴著鴨舌帽，也掩蓋不住她的鋒芒，站在人群裡十分顯眼。

程雋一出關就看到她了，他腳步未停，直接朝秦苒走過去

「苒姊，我看妳挺厲害的啊。」

走到邊緣，他臉上的笑意淡了些許，不冷不淡地開口。

秦苒還在想雲光財團跟明海的事，聽程雋這麼一說，她愣愣地抬頭，然後緊緊抿起雙唇。

「妳就給我繼續作死。」

程雋手上沒有拿衣服，偏頭示意程土從行李箱中拿外套出來，然後用力蓋在秦苒身上。

秦苒的喉嚨不舒服得想要咳嗽，但聽到程雋的語氣，她決定用強大的意志力硬生生憋

住，慢吞吞地用手攏了攏大衣外套。

程木跟在兩人身後，目光看了看程雋，忍不住小聲嘀咕一句：

「管得了秦小姐的，估計也只有雋爺了。」

秦修塵都管不了她。

*

一行人回到別墅，程水等人已經坐在樓下大廳了。

程雋四處看了一眼，頓了下，然後詢問：「小姨呢？」

「跟沐楠去看房子了。」程水回了一句。

程雋已經幫他們安排了房子，不過以沐楠這種性格，是不會住下的，他也沒多問，只看著秦苒。

「過兩天等事情處理完，請小姨吃頓飯。」

「嗯。」秦苒輕咳了一聲。

「一二九實在太難搞了，我有點佩服歐陽薇。」程水按了一下太陽穴。

軟硬不吃，刀槍不入，程水也絲毫找不到任何突破點。

程水本來還想問程雋巨鱷那邊的事，但看了看秦苒，他又收回目光。

程雋說不能讓巨鱷這件事為難秦苒，其他人都記在心裡。秦苒正捧著一杯熱茶，慢吞吞地喝著，聽完程水的話，她不由得抬頭看了他一眼。

「你們找一二九接單？」

「算是吧。」程雋坐在她身邊，讓程木拿醫藥箱給他，他在裡面翻找著藥，「找找孤狼。」

「咳……」秦苒頓了下，她抬頭。

「先吃藥。」程雋皺眉凝視著她，伸手覆上她的額頭，「沒有發燒，看起來也不太像是病毒性感冒，有其他症狀嗎？」

他也看不出來，想帶秦苒去顧西遲那邊看看。

「大驚小怪。」秦苒搖頭，不太在意，拉回了剛剛的話題，「你們找孤狼幹嘛？」

「先吃藥。」程雋瞥她一眼，看著她吃完，他才不緊不慢地回答，「跟他做個交易。」

至於是什麼交易，程雋沒有具體說明，秦苒若有所思。

「去樓上休息。」程雋再次淡淡地開口。

秦苒的一句話憋在嘴裡，不敢說出來。她服氣地看了程雋一眼。

好吧。

「我上樓行不行，哥哥？」

她面無表情地拿起桌子上的鴨舌帽，往頭上一戴就去了樓上。

看著秦苒上樓，程雋才擰起眉頭，看向程木。
「秦小姐最近沒什麼異常？除了你彙報給我的睡得少。」
「好像……沒吧？」程木撓了撓頭。
程雋微微頷首，沒說什麼，只拿起手機，傳了一則訊息給顧西遲，才看向程水等人：
「去書房說。」

*

樓上——
秦苒去洗了個澡，一邊爬上床，一邊打視訊給常寧。
「常寧老大。」
『妳不是休假？』常寧面無表情地看著她。
「暫時先不休。」秦苒靠在枕頭上，把被子往上扯：「最近是不是有人找我？」
『妳是指孤狼？』常寧詢問，最近有人找一二九查孤狼，找秦苒的人也有。
常寧都不知道秦苒的事怎麼這麼多。
「嗯。」秦苒手捏了捏喉嚨。
常寧點了一根菸，不太在意地說：『很多人，妳是指哪個？馬修、明海、雲光財團，非洲那位……』

他一連為秦苒列舉了七、八個人，隨便一個都是一方的大人物。

「這麼多人找我？」秦苒倒是驚訝。

『孤狼，妳是不是還不清楚妳在一二九的分量，排名第一的孤狼，外界傳言得妳者得一二九，妳說呢？』常寧捏著太陽穴，感到頭痛，『能不能對妳自己有正確的認知？動不動就休假，虧妳還是一二九的招牌。』

秦苒聽來聽去，都沒聽到程水他們的名字。

她不禁又往後靠了靠，眉微微挑起：「明海也找我？」

『嗯。』常寧靠著椅背，手指撣著菸灰，『他企圖心很強，想利用妳控制京城四大家族，不過……妳讓我查的寧海鎮爆炸案，明海沒有動手，有人在……借刀殺人，這個人城府深，但也過於自負。徐家的事情跟程三少預測的一樣，是誰在背後動的手，妳應該很清楚。』

秦苒點頭，跟她預料的差不多。當初歐陽薇告訴她的時候，她就一點都不相信。

她伸手把電腦拿過來，指尖在鍵盤上敲了幾個字。

＊

與此同時，明海的祕書正在處理資料，電腦上忽然跳出來的對話方塊把他嚇了一跳。

他回過神後才看清內容，瞳孔微微放大，連忙去辦公室找明海。

明海辦公室——

「我那兒子可真有一套，在非洲還藏著這麼大的勢力，我果真小看他了。」他正叼著菸，看著面前的黑衣人，眸光晦澀：「歐陽薇那邊有消息？」

「剛剛傳來的，應該沒錯。」黑衣人低頭。

明海叼著菸，臉上的歲月痕跡不是特別明顯，「楊家是要動手了？」

「京城最近多了好幾方勢力。」黑衣人擰眉，「楊家那邊會不會……要是能找一二九幫忙，我們不會陷於被動的境地。」

「明天先去找薇薇，跟她好好確認一二九的事。」明海微微瞇眼。

兩人正說著，外面的祕書敲門拿著手機進來。

「什麼事？」明海朝他看了一眼。

「會長。」祕書頓了下，才緩緩開口，「我剛剛接到一則通知，對方想約您見面。」

「誰？」明海吐了一道煙圈。

祕書低頭想了想，確認了一下，「是那位秦小姐。」

「秦苒？」明海提起這個名字就下意識地皺眉。

最近秦苒正式進到他的眼中，她一連串對徐家跟研究院的防守舉動，他都看在眼裡，若不是有歐陽薇在前，明海也一定會高看秦苒。

只可惜……

明海淡淡搖頭，似乎笑了笑：「徐家時日不多了，你們都下去吧。」

祕書等了半天，沒等到明海的回答。

他跟黑衣人一起出門，等門被關上了，祕書才看向黑衣人。

「會長他到底是什麼意思？」

「會長明天要去邊界連絡歐陽小姐，這樣你懂了嗎？」黑衣人淡淡朝他看了一眼。

祕書恍然大悟，「我知道了，我這就去回覆那位秦小姐。」

如果沒有歐陽薇，明海可能還會去見秦苒，但好不容易有一點歐陽薇的消息，如今京城局勢複雜，一二九這個中立勢力就非常重要。

這個時候，秦苒跟歐陽薇，孰輕孰重，黑衣人還是分得清。

祕書回到辦公室，電腦上還是白色的對話窗。

明海這邊的防禦系統也是頂尖的，但對方悄無聲息地攻克了這邊，祕書便恭恭敬敬地回——

『抱歉，秦小姐，我們會長暫時沒有時間。』

不敢說是去見歐陽薇了。

*

電腦另一邊——

秦苒看著祕書的回覆，不由得撓了撓頭，也沒再糾結，只敲著鍵盤。半晌，她才往床頭靠了靠，心裡思索著剛剛常寧說的話。

京城最近確實有不少勢力，不僅有地下聯盟，還有巨鱷，這幾方勢力秦苒都能控制住，不會出太大的意外。

唯有一個。

秦苒抿了抿唇。

就是常寧之前提起的非洲巨頭，秦苒知道這個人。當時她在非洲的時候遇到過，還跟對方打了一架。

當時她心情不好，對方看起來也不太如意。

反正……情況非常不樂觀，後來她被顧西遲救起，那時候她確實失去了求生意志，不過死在一方霸主手裡也有損她的威名。

秦苒伸手扶著額頭，當時她意識不清晰，卻聽清了顧西遲的嘀咕，叫她找揍她的人報仇。

雖然她打黑拳不僅僅是因為那個非洲巨頭，但顧西遲的話確實給了她再度爬起來的勇氣。

這麼多年，秦苒接過幾個單子，但基本上沒接非洲那邊的單子。

對方也一直在非洲，從不參與其他事情，這次怎麼會突然來京城……？

京城已經夠亂了，美洲的勢力都聚齊了，再加上他一個，秦苒也不確定能不能保下這幾個家族。

秦苒擰眉，她指尖敲著手機，半晌，她才傳了一則訊息給常寧。

『之前你跟我說的那個人，我要見。』

秦苒這句話出現得太過突然。

她向來是不願意多操心的人，大部分任務都是常寧挑選後，覺得適合或者只有她能做到，才連絡秦苒。

常寧向來直接，他也沒回訊息，直接打了電話。

『說吧，原因。』

「很頭痛。」秦苒往上仰了仰頭，語氣還是淡淡的，「我吧，就……你也知道我不是什麼好人，樹立的敵人也很多，跟我認識的朋友差不多，非洲那人就是其中一個。」

能被秦苒說成敵人的，肯定不是什麼普通人物，至少是巨鱷那種等級的。

這麼多敵人……

『那妳還能活到現在？』常寧也有些無言。

「死過一次。」秦苒「啊」了一聲，又沉默半晌，才開口：「你也可以理解為死遁。」

至於是被迫死遁，還是真的想死但是沒死成，秦苒沒有細說，反正就是陰差陽錯造成的結果。

常寧：『……猛。』很像秦苒不耐煩但又被迫幹出來的白痴又直接的事。

說完這個字，常寧沒再開口，他想起秦苒消失一年的事了。

『那個非洲巨頭？』常寧瞇眼。

秦苒撓頭，有些不願意承認，但還是老實開口：「我帶人幹過他一票生意，後來……還打過一場生死架，他當時受傷了。我趁人之危，也打不過他。」

『厲害，孤狼，妳是真的厲害，現在非洲連黑手黨都不願意跟他對上。』常寧擰眉，他本來就是在非洲發家，現在聽到秦苒的話，他不由得頭疼地按著太陽穴，『他這是查到妳了？所以才要求見面？』

「不確定，但我怕他參與國內的事。」

秦苒擰眉，混跡在美洲的時候，她本來是有偽裝的。網路就是她的天下，想要在這方面動手找她不可能。

畢竟藏這麼多年了，她仇人跟朋友一樣遍布天下。

當初明月父親死後，秦苒愧疚自責的同時也是害怕，怕那些敵人如同那些毒梟一樣連她身邊的親人也不放過，她連陳淑蘭都保護不了，何談去保護其他人？

『確實不好辦。』常寧有些不知道說秦苒什麼好，『程三少知道嗎？』

「我本來就不想讓任何人知道這件事。」秦苒看向窗外，「我的仇人又不只非洲那一個，七大洲都有人想要我的命。」

原本以為這些事過了就過了，只要她不主動站出來，就沒人能猜出她是誰，地下聯盟的火力有多強她當然知道。

如果她再不站出來，京城這些家族哪夠他們玩？

她剛跟謝九坦白，非洲就有人混進京城，不管是不是從地下聯盟走漏的消息，她都沒有再躲藏下去的必要了。

聽秦苒這麼說，常寧有點不敢問她究竟是怎麼把那些頂尖人物都得罪一遍的。

『我終於知道妳為什麼不出面了。』半晌，常寧才抹了一下臉，『非洲那邊我幫妳連絡……』

說到這裡，常寧頓了一下，才幽幽地開口，『要我陪妳一起嗎？』

「我自己解決，就是讓你有個準備。」秦苒抬頭。

常寧在手機另一邊想了想，沒再說什麼，『好，我先幫妳連絡。』

＊

與此同時，書房——

程火坐在電腦前，螢幕上的代碼一頁一頁跳動，他翹著二郎腿，瞇眼看著書房裡跪著的黑衣人。

「你確定巨鱷跟明先生聯手了？」

若明海在這裡，一定能認出來，這黑衣人正是他的心腹。

「是，巨鱷幫忙找到歐陽小姐，明天會長就能和歐陽小姐連絡。」黑衣人拱手。

亞洲畢竟是明海的老窩，猛龍也壓不過地頭蛇，巨鱷還在這其中摻了一腳。

最重要的是地下聯盟，是連程雋都不敢小覷的對手。

程雋不想要京城任何一個家族出事，這種情況下，只能找同盟。

常寧曾經的勢力跟程雋有糾葛，想來想去，唯有孤狼能入程火這些人的眼。

「我知道一二九很厲害，」程木一直如同木頭人一樣，聽著四個哥哥你一句我一句的，「但……他們不是只在京城出名？」

「你是不知道這個勢力在哪裡成名。」程土靠坐在窗邊，瞥程木一眼，「知道為什麼巨鱷能當上他家族的家主嗎？」

「程土，別逗程木了，他怎麼會知道。」程金搖頭失笑，然後看向程土，面色嚴肅起來，「巨鱷是武器製造商，他父親早亡，忌憚他家族勢力的人不少。有一次在非洲的行動，他被他的叔叔聯合兩個洲的人包圍，所有人都覺得巨鱷這次不死也得殘，但誰也沒想到，孤狼提前攻破了大樓所有的安全系統，連同渣龍囂張地劃分出安全區，讓巨鱷打了漂亮的反殺，現場能看到的網路痕跡只有『一二九』三個字。」

「這是一二九第一次在國際上揚名，所有人都想要一二九這個勢力，可惜沒人能成功。」

程木伸手抹了一下臉。

「老大。」程水笑著看了程木一眼，才轉向程雋，正了神色，「找孤狼還是太難了，如果他們不回覆，我們準備一下，強制調動人手進京城吧，來點硬的。」

程火向來不怕麻煩，他抬了抬下巴，「我可以。」

程雋沒說話，手上把玩著那支厚重的黑色手機，聽程火提起孤狼，他只略微抬了眼眸，沒開口說什麼。

黑色手機忽然亮了一下，程雋低頭看上面的通知。

是一二九的官方通知，寥寥幾句，只說孤狼同意了，在一個祕密會所單獨見面。

程雋看到這則通知，一時間確實有點驚訝。

他很早就對孤狼這個人感到好奇，那時候他還沒掌控這麼大的勢力，孤狼就跟巨鱷、渣龍還有一二九一戰成名，也順便幫了他一點小忙。

對付巨鱷的人當中正好有程雋的敵人。

只可惜那次之後，對方就很少出現，連接單都很隨意，愛接不接的狀態。

後來他回國在雲城養傷。他當時出了五十倍的天價，讓孤狼出手跟郝隊查寧海鎮無故失蹤的情報。

孤狼這種人要是願意，手裡肯定不會缺錢。

意外的是，當時孤狼消失一年多，他也只是任性一把揮金如土，誰知道……對方還真的接了他的單子。

那時候他對孤狼很感興趣，還曾經一時興起想要查孤狼，畢竟連網名中都有一個孤字。

只是秦苒的出現打亂了他的計畫，他大概知道她想在校醫室找什麼東西，他也沒說出來，還親自開口留下了人，想要知道究竟是哪方勢力的人接近他。

大概是這姑娘合他胃口，他索性就留在了校醫室。誰知道留著留著，合胃口就變成了真的感興趣。後來，對孤狼就不像一開始那麼感興趣了。

有時間去查孤狼，不如多看看自家那位。

這次程土說連絡一二九要找孤狼，程雋也是抱著隨意的心態，反正到時候在京城玩完了，大不了他帶著秦苒他們直接回非洲大本營。

沒想到這向來神龍見首不見尾的孤狼，竟然真的要出山了？

無論是出於什麼原因，程雋肯定要去見對方。

「老大？」程水又說了幾句，見程雋一直沒說話，不由得叫了他一聲。

程雋「嗯」了一聲，他反應過來，「有件事情。」

他把手機隨手扔到桌子上。

看他這個表情，程水、程金、程木等人站著的站好，坐著的坐好，都一本正經地聽著。

「老大，您說。」

「孤狼明天九點要跟我見面詳談。」程雋慵懶地交疊雙腿，挑著眉眼道。

程水推著眼鏡的手頓住，半晌，他抬頭，「老大，您再說一遍。」

「雋爺說明天九點跟孤狼詳談……」

程木重複了一遍，話說到一半，他也頓住了，非常緩慢地抬頭看向程雋。

＊

程雋從書房出來時是晚上九點多，他停在秦苒門邊，手上拿著一根菸，只安靜站了大概十分鐘，感覺她應該睡著了，也沒敲門進去。

正要走的時候，門從裡面開了。

他腳步停住，站在門口往裡面看，秦苒穿著睡衣，臉上看起來沒有精神，好像沒睡著，眼白還微微泛著血絲。

「睡不著？」程雋看了她一眼，就知道出了什麼問題。

秦苒撓了撓頭髮，「煩。」

程雋想了想，以為她在煩徐家跟雲光財團的事情，他低頭靠過來，身上那股清冽的氣息更加鮮明，唇角無意識地擦過秦苒的耳廓，輕聲開口。

「沒事，我會解決的。」

實際上，秦苒覺得這就是個封閉循環，除非她真的消失，不然很難擺脫。

只是聽他這麼說，她忽然平靜下來，伸手回抱住他，額頭抵在他的肩膀上，煩躁地「啊」了一聲，有些含糊不清地說：

「你說的。」

「當然。」程雋笑著把人抱住，目光透過窗戶看向窗外，星光沉斂：「我倒要看看還有誰敢動手。」

秦苒不敢再開口，怕全列出自己的敵人們，程水他們會崩潰。

更怕程雋查到她的過去。

她思索了一下，才悶聲開口：「明天晚上，我有一件事要跟你說。」

程雋明天晚上也想問問她當初在校醫室的事情，聞言，也不問她是什麼事，只笑著回答。

「好。」

＊

翌日，秦苒起得很早，她起床的時候，程雋已經醒了。

不僅程雋起床了，金木水火土罕見地齊齊坐在餐桌旁。

這五個人不是不回來就是在睡懶覺，或者像程金那樣是個大忙人。

每個人都有一個固定時間，廚師還寫下了筆記。

但今天像是有什麼儀式一樣，居然一起在餐桌邊正襟危坐。

程木面無表情地從廚房內把麵包拿出來，又偏頭看著程水盤子裡精緻的早餐，不由得問廚師。

「我今天只有麵包？」

「程木先生，你的早餐被程金先生拿走了。」廚師也面無表情地開口。

天道有輪迴。

程木默不作聲地回到自己的位置上，秦苒也坐在餐桌邊。

「這麼早起來？」程雋把秦苒的早餐遞給她，詫異她竟然早起。

秦苒懶洋洋地打了個哈欠，先喝牛奶，含糊不清地「嗯」了一聲，「我等一下要出門一趟，去見個人。」

「真巧，老大等等也要出去見人。」程水笑著看向秦苒。

程雋心裡也在想孤狼的事，他當然不想帶秦苒去，誰知道孤狼是什麼樣子。不得不說，他心裡覺得孤狼還是有點威脅的，等他先探探軍情再說。

長得好看，就避免兩人見面的可能性。

他心裡淡淡地想著，表面上卻是一本正經，「對，我等一下也要見一個人。」

「誰？」秦苒把牛奶放下，隨口問了一句。

「長得不好看。」程雋吃完了，他隨手拿了張面紙，不緊不慢地擦手。

「喔。」秦苒點點頭，沒再開口。

程金也吃完了自己豐盛的早餐，他把盤子送到廚房，回來後才看向程木。

「程木，你等等去送秦小姐。」

五行第一次一起這麼早起床，還聚得這麼齊，都是想跟程雋一起去看看那位孤狼究竟是何方神聖。

若是以往，誰送秦苒去都無所謂，但此刻不行……

程木抬頭，「我……」

眼下程金開口，程水也點頭，他沉穩地道：「程木，你保護好秦小姐，好好開車。」

程火拍拍程木的肩膀，笑咪咪地說：「小木木，辛苦你了。」

程土沒說話，只似笑非笑地看向程木。

雖然程木對孤狼有些好奇，但他已經成功做到遇到任何事都能波瀾不驚了，咬下一口綿軟清香的麵包，他「喔」了一聲。

「好。」

「幾點走？」程雋不管這五兄弟，只看向秦苒。

「八點半吧，我九點要到。」秦苒本來不打算帶人去，不過她料想到程雋不會讓自己開車，也沒說什麼。

程雋微微揚起眉。

八點半，程木從車庫內把秦苒專用的車開出來。

「辛苦了，兄弟。」程火走過來，透過駕駛座的車窗，拍拍程木的肩膀，「哥哥一定會為你帶來最新的一線情報。」

程木給他最真誠的兄弟情，就是關上駕駛座的車窗。

程雋站在原地，看著黑色的車緩緩開出去。

身後，剩餘的四行看著車的方向，程水笑了笑。

「秦小姐也是約了九點，老大，跟你同一個時間。」

程水也只是隨口一說，沒多想什麼。其他幾人也沒多想，此時都催著程雋快點走。

程雋慢吞吞地應著，看起來不是特別積極。

「急什麼，人不會跑的。」

＊

與此同時，一二九——

「老大，你找我們來幹嘛？」渣龍跟巨鱷都坐在辦公室，看著常寧。

「有一件事，需要告訴你們。」常寧嚴肅地開口。

秦苒昨天不讓常寧插手她的事，常寧知道她是不想連累一二九。

但常寧是這麼怕死的人？

他當然不會真的不管，大不了跟以前離開黑手黨一樣，再離開一二九而已。他雖然不知道秦苒到底是幹嘛的，但害怕她真的出事。

「你說，別搞得這麼嚴肅，我心臟不好。」渣龍摸摸自己的心臟，開玩笑地說。

常寧瞥他一眼，「關於孤狼的事情，她今天要跟一個人見面……」

他把秦苒昨晚告訴他的，跟兩人重複了一遍。

「他們今天在地下會所見面，我們先過去，我包下了隔壁包廂，要是打起來……」常寧想了半天，發現就算兩人打起來，他也做不了什麼事，「總能撐撐場面，畢竟京城還是我們的地盤，猛龍還壓不過地頭蛇。」他淡淡開口。

渣龍把自己的下巴收起，他眸子裡閃著熠熠光輝，「我靠！我靠，常寧老大，你看我說的對吧，當初我就說她不是一般人！」

常寧不想跟傻子說話，轉向巨鱷。

「明海那件事你處理得怎麼樣？」

「上鉤了。」巨鱷沒渣龍那麼樂觀，「非洲的人怕是沒那麼簡單，我們先過去再說，還能談判一把。」

*

八點五十分，程木將車停在會所，寸步不離秦苒。

把車鑰匙交給門童，門童接過鑰匙就去停車了。

秦苒今天在會所外站了一陣子，她穿著白色的帽T，外面在程雋的注視下不情不願地套了件黑色大衣。

她將帽T的帽子拉下，站在門口一分鐘，又看了程木一眼，略微沉吟了半晌，也沒支開程木，帶著程木進去。

常寧訂了頂樓的五號包廂，她在五十五分進入包廂，服務生帶他們進包廂的時候，包廂內沒人。

程木不由得多看了她一眼，心中詫異，秦苒對掌控時間的精准度十分變態，向來都是準時在最後一刻赴約。

他是第一次看到她提前到，程木不由得好奇她今天要見的究竟是誰。

樓下——

五行四人跟在程雋身後，程雋隨手脫了外套，在進電梯之前看向四人。

「不要跟我一起進去。」

這四個特地為了孤狼而來的人：「……」

叮——電梯門關上。

程火撓頭：「昨天晚上老大沒說不讓我們來吧？」

這不上不下的，多折磨人。

程金頓了下，才幽幽地開口，「我們不該嫌棄秦小姐的。」

其他三人：「……」

樓上——

程雋確認了五號包廂，看了看時間，八點五十九分。

他手揹在身後，跟在服務生後面，服務生很輕地敲了兩聲門，門從裡面打開。

開門的人是程木。

包廂內，秦苒一手放在桌子上，一手拿著白瓷杯，正略帶不耐地抬頭看向門口。

在幾乎沒有任何防備的情況下，看到了站在門口那個半小時前還碎碎念，叫她好好穿上外套的人。

她剛浮現的煩躁情緒忽然沉下來。

程雋手上拿著手機，正看完手機裡的通知，抬頭看向包廂內，臉上是一貫的高深莫測。

包廂內坐著散發出不耐煩氣息的女生，也面無表情地看他。

兩人都沒有反應，反而是開門的程木頓了一下後，才往後退了一步，一時間沒反應過來，奇怪地撓頭。

「雋爺，你怎麼會在這裡，你今天不是要去見孤狼？」

程木的聲音終於打破了沉默的氣氛，程雋反應過來，他往裡面走了兩步，才抬頭，眉眼溫和地看向程木。

「出去。」

砰——

程木一句話也不敢多說，直接關上門離開。

門外，程木關上門之後，腦子才終於反應過來。

程雋今天是九點跟孤狼見面……

＊

包廂內——

程雋沉默半晌，才試著往前走了一步，「……妳餓嗎？」

秦苒的腦子一時間也轉不過來。

在她印象中，那位非洲巨頭上位的過程極其艱難又血腥殘暴，跟她認識的程雋完全是兩種情況。

現在這是什麼情況？

程雋就是那個跟她打過一架的人？

秦苒抬手，把杯子裡的水一飲而盡。

難怪之前在程家，她會突然覺得他出手有一瞬間很眼熟。

她把茶杯放在桌子上，抬了抬下巴。

「你先坐，我們聊聊，你今天找我幹嘛？」

原以為非洲巨頭是查到了自己，可既然對方是程雋，那就不可能是查到了。

「合作。」

程雋看了秦苒一眼，看到她臉上情緒還算平靜，也沒坐到她對面，順勢坐到她身側，拿起茶壺為她空著的杯子倒了一杯水，「苒姊，先息怒。我是看到巨鱷跟明家人聯手，怕京城這邊出問題，才想要找孤狼合作。」程雋看到秦苒拿起杯子抿了一口，這才壓下內心的情緒，緩緩開口，「……巨鱷是故意在釣魚？」

一二九五個元老是出了名的感情好，既然秦苒是孤狼，那巨鱷就絕對不會站在明海那邊幫他。

「嗯。」秦苒現在還有些恍惚，沒想通程雋的思考過程，只隨意地應著，「也不算釣魚，他想要明海手裡的海上通行令。」

從知道秦苒是孤狼的那一刻起，程雋就知道京城的事情會變得很簡單。

與此同時，腦中混亂不明的線瞬間解開了。

在雲城，消失一年的孤狼誰的單子也不接，偏偏就接了他的……還有後來，程溫如的事……

孤狼原本就是網路高手，這樣一想，那個人是秦苒也沒那麼令人意外。

「我打算解決完明家的事情，就金盆洗手。」程雋往前微微一湊，眉眼溫和地看著她，低聲開口細細解釋，「本來打算去接管老頭子在美洲的醫學組織。」

「接管醫學組織？」秦苒回過神，「就憑你一個月一次的手術？」

「那時候我在爭非洲的繼位權，沒有時間做這些，但跟老頭約定好了，一個月至少做一次手術。」程雋說。

後來即便是去雲城養傷，他也遵守著這個約定。

「嗯。」秦苒低頭再次喝了口茶。

「我算到妳是幫巨鱷的那個Q，也沒算到妳是孤狼。」程雋微微交疊雙腳，伸手隨意地翻了翻菜單：「妳今晚要跟我說的就是這件事？」

「也不完全是。」秦苒抬頭，有些含糊不清地說。

她抬頭，有些恍然地看著程雋，她原本覺得自己活不過十九歲。

誰知道第一次因為顧西遲的誤打誤撞，她活下來了。陳淑蘭死後，她覺得自己毫無掛念了，沒想到又出現了程雋。

「就……你記得你曾經在貧民窟跟人打過一架嗎？」秦苒原本覺得她說起這件事的時候，必定是跟非洲巨頭鬧得不死不休或者談判的場面，或者這件事永遠不會說出口。

從來沒有想過能說得這麼輕鬆。

程雋的手猛然頓住，一瞬間哽住，聲音略顯顫抖地說：「妳……妳那時……」

顧西遲那時候說完，他查遍了美洲的人，唯一沒想過會是自己。

秦苒雙手環胸，摸著下巴看程雋，「這樣吧，你讓我打回去？」

程雋說不出話，他很早之前就在想，如果早一點遇到秦苒，在那場大爆炸案發生前，或者哪怕多一年也好。

誰知道，他們在那時就遇見了。

他有些慶幸，慶幸自己當初選擇幫郝隊查了椿案子，他伸手把人攬進懷裡，聲音有點啞，低頭親了親她的髮梢。

「是我不好，妳隨便打……」

*

常寧打了無數通電話給秦苒，還傳了無數則訊息，但都沒有動靜。

他轉頭詢問屬下，「眼線有查到什麼消息嗎？」

屬下搖頭，「我們不敢接近。」

「不會出事了吧？」巨鱷在一旁擰眉，「不行，我得去看看，我的大兄弟長得那麼好看……」

非洲那邊就沒幾個好人。

巨鱷等不及了，就秦苒那個性格，連跟他們聊天的耐心都沒有。跟不熟的人，哪怕只有五分鐘都嫌多。

巨鱷的話不多，說完就推門出去。

常寧向來也是個狠人，見巨鱷出去，他也跟了上去，並撥了一通電話。

「讓兄弟們過來。」打完電話，常寧才吩咐，「到時候先不要衝動，看非洲那位巨頭怎麼說，能和平解決最好。」

「好。」巨鱷冷漠地點頭。

巨鱷知道包廂在哪裡。說話間，幾人已經氣勢洶洶地站在五號包廂門口。

這行人身上戾氣都不小，程木正蹲在包廂門口，跟程金那四個人傳訊息炫耀。

聽到這群人的動靜，他不由得仰頭看向為首的常寧。
程木不認識常寧，但他認識常寧身邊的巨鱷。
「巨、巨鱷先生，你……」
「你怎麼沒跟你們家小姐一起進去？」
巨鱷也認識程木，他擰著眉頭看了程木一眼，沒多說，直接抬手，準備強行推開五號包廂的門。
然而他還沒動手，包廂的門就自己開了。
開門的人是程雋，秦苒就站在他身後。
巨鱷跟常寧還來不及動作。
走廊盡頭響起「砰砰砰」的腳步聲，很快就傳來了程火火急火燎的聲音。
「老大，那個孤狼他騙你！我們剛剛在樓下看到了一二九的武裝人員……」
程火一行人急急忙忙地上樓，跟巨鱷、常寧以及秦苒面面相覷。
兩方人此時都沉默了，腦中只盤旋著一個想法。
『孤狼／老大今天不是來見非洲巨頭／孤狼的嗎？』
詭異的寂靜中，程雋先朝巨鱷笑了笑，禮貌地開口。
「樓先生，又見面了。」
跟巨鱷打了招呼之後，程雋才看向常寧，繼續道：「想必這位就是常先生了。」

最後，他才彎腰，鄭重地說：「感謝幾位之前對她的照顧。」

「啊？」渣龍也莫名其妙受到了程雋的感謝，還沒反應過來，只擺了擺手，「小事，小事……」

秦苒手抵著唇，清了清嗓子，「常寧老大，你們都先進來再說。」

常寧好歹維持住了自己老大的形象，他高深莫測地點了下頭，打了通電話通知屬下。

「不用上來了。」

巨鱷是個面癱，內心就算再多髒話，臉上還是一本正經的。渣龍摸摸腦袋，他向來多話，此時也沒多說什麼話，只隨著秦苒他們進去。

幾個大人物都進了包廂，門外剩下程火、程金這幾個人。

「程水，我看見了什麼？」程火抹了一把臉。

程水沒說話，只默默看向程木。程木早就已經反應過來了，他拍了拍衣袖，從蹲著的動作站起，看向程水等人，十分高深莫測地將手揹在身後。

「嗯，就是你們看到的情況。」

＊

包廂內——

渣龍嘰嘰喳喳地說，「不是，大神，你們這樣也行？」

別說渣龍，就算是常寧，心中也是萬馬奔騰，他喝完一杯茶，才勉強壓制住內心的匪夷所思，故作淡定地看向秦苒。

「那京城暫時用不著我插手了，明天徐家那邊安排好了？」

「嗯。」秦苒點頭。

「那就好。」除了這一句，常寧也不知道還能說什麼，他轉向程雋，「程三少，你跟巨鱷之間的矛盾……」

「都是誤會。」程雋嚴肅地朝巨鱷舉杯。

巨鱷面無表情地喝了一口茶。

幾個人聊了幾句明天的事情，看得出來秦苒跟程雋還有其他話要說，一行人就各自回去。

車上——

「明天過後，京城就雨過天晴了。」常寧坐在後座，輕鬆地笑了。

他能不笑嗎？一二九的女婿是非洲那位巨頭。有秦苒在，就算你是非洲巨頭，還不是得跟他有禮貌地問好，說不定還要叫聲哥呢。

常寧抬起下巴。

第六章　步步為營

翌日傍晚，徐家人整隊出發。

程雋神色嚴肅地站在別墅裡，吩咐程土一行人。

「先帶人提前趕過去，不要暴露位置，遇到巨鱷的人不要輕舉妄動。」

程土已經知道巨鱷是友非敵了，聽到這句話，抬手回答，「是！」他直接離開。

「三弟，你們倆……」程溫如這兩天雖然忙著程家的事，但對京城的局勢也看得一清二楚，看到程雋這個態度，不由得擰眉，「我總覺得這一次有詐，徐家那邊……說不定會是陷阱。」

「程姊姊，妳別擔心。」秦苒安撫了程溫如一句。

她跟程雋都沒多留，直接去和徐家人會合。

徐搖光看了程雋一眼，低聲叫了句「雋爺」，就沒再說話。

程雋現在失去了京城程家太子爺的身分，叫他「雋爺」的人很少。聽到徐搖光的聲音，他不由得挑眉看了眼徐搖光，倒沒說什麼。

今天是徐家第一次與美洲的大交易，不能有任何閃失，否則徐家恐怕會走上秦家的老路，但秦家現在已經開始崛起了。

徐家每一個人都打起了精神，只有徐二叔，眸光晦澀地看了秦苒一眼。

城北，徐家的出發點有兩架貨機。

徐搖光檢查了一遍貨物，確認沒有任何遺漏之處，才走到秦苒跟程雋這邊。

「九點準時出發。」

這樣到美洲也剛好是晚上，方便行動。秦苒手抵著唇，輕聲咳嗽兩聲，沒多說。

「去準備。」

聽到咳嗽聲，程雋擰眉看了秦苒一眼，秦苒朝他搖了搖頭，表示沒事。

徐家幾個負責人負責跟機長溝通。

八點半，徐管家朝秦苒跟徐搖光這邊走過來。

「小少爺、秦小姐、程少，可以登機了。」

「走吧。」徐搖光讓秦苒跟程雋先走。

就在他說話的同時，機場幾個大型燈忽然「啪」的一聲打開，整個機場明亮得如同白晝。

「想就這樣離開，可不是一件簡單的事情。」

不遠處，幾輛黑車停下，一道略顯蒼老的聲音傳過來，為首的黑車有兩個人從後座下來，說話的那人正笑咪咪地看向秦苒與徐搖光。

是楊老先生，而站在他身邊的人正是明海。

「你們怎麼會在這裡？」徐家長老面色一變。

徐家這件事是機密，除了徐管家幾個人，剩餘的人連今天要去哪裡都不知道，雲光財團跟明海這些人怎麼知道他們今天要送貨出去？

一行人猶疑間，明海目光溫和地看向程雋。

「程雋，我的兒子，你現在有什麼想要說的嗎？」

程雋淡淡地牽著秦苒的手，「沒有。」

聽到明海的這一句，徐長老跟幾位負責人目光猛地看向秦苒跟程雋，不可置信地開口。

「你、你們……我早該聽二當家的話……」

「不可能，秦小姐不是這樣的人。」徐管家搖頭。

楊老先生可不管徐家人的內鬨，他抬了抬手，一如既往溫和地開口。

「把秦苒帶回去，給我好好檢查貨物。」

只是燈光下，他的笑容讓人發寒。

「楊老。」明海站在一旁，側身看向楊老先生，「當初說好，貨物歸我，要交給下一任的四大家族。」

「我只要找我想要的東西，其他隨你。」楊老並不在意。

兩人你一言我一語，為徐家的結局做了定論。

人群中，徐二叔才終於抬頭，不敢置信地看向楊老先生。

「你當初在美洲說只要抓了秦苒，就會保我們徐家無憂！」

楊老先生依舊笑咪咪地看向徐二叔，「保你們徐家後代不死，不好嗎？」

徐二叔大口喘氣，徐家其他人才反應過來，猛然看向徐二叔。

「二當家！」

徐搖光一把抓起徐二叔的衣領，徐二叔現在恍恍惚惚，也反應不過來。

「小少爺，我……」

徐家一團亂，楊老先生不理會，只是淡淡朝手下的人開口，「動手。」

「秦苒，妳走！」徐搖光把徐二叔扔到一邊，站到秦苒前面，看向楊老先生，「你們要的不過就是徐家，跟她沒關係，你們放了她。」

徐管家也一臉悲戚，「程少，你跟秦小姐先走，秦小姐身手一向厲害，必定能離開！」

「不用。」秦苒捏了捏程雋的手，她往前面走了兩步，抬頭認真地看著楊老先生，「你覺得你能抓住我嗎？」

「妳是說地下拳王？」楊老先生感嘆地看向秦苒，「可惜，妳應該不知道妳體內被那位徐二叔下了混合病毒吧？妳今天是出不了手的。」

徐搖光跟徐管家臉色發白。

徐搖光往後退了一步，看向還趴在地上的徐二叔，「二叔，你……」

「小少爺，我……我能怎麼辦？他們告訴我老爺的死是因為她，現在徐家多少人都只聽她的，你也看在眼裡！你看看以後徐家會不會改姓秦，看看研究院會不會改名！人都是自私的，我不過是為了徐家著想！」徐二叔抿唇，不敢看秦苒。

「是，徐家多少人聽她的。」徐搖光眸光赤紅，他閉上眼，「可是爺爺死後，只有她一直在照顧徐家！為徐家奔波！為研究院奔波！美洲的利潤是假的嗎？研究院各項交到我這裡的研究是假的嗎？她一個IT界的大神，好好待在秦家做她的研究不好嗎？你告訴我，她帶領著研究院剩餘不多的老人日以繼夜地做這些研究，難道是為了讓你如此猜忌她嗎？啊？」

程雋站在一邊，垂著的一隻手直接狠狠掐入掌心，他目光冷冽地看向楊老先生跟徐二叔，不由得舔了舔唇。

「很好。」

「我也沒有辦法。」楊老先生微笑著看向秦苒跟程雋，最後把目光定在秦苒身上，嘆氣：「我的好閨女，我當初也真是小看了妳，沒想到妳離開雲光財團還能把我們財團搞得烏煙瘴氣，不對妳動真格真的不行。」

說到這裡，他搖頭失笑，「妳應該不知道，我們雲光財團背後……是美洲地下聯盟吧。」

楊老先生臉上揚起了自傲，他話音剛落下，頭頂忽然響起一陣轟鳴。

直升機轉動的風聲席捲全場，幾道人影在半空中，從直升機開著的門順著繩子俐落地滑下。

四道人影恭敬地單膝跪地，聲音鏗鏘有力：「屬下謝楊，見過副盟！」

這聲音一傳來，除了程雋，現場所有人聽到都有些發愣。

「謝楊副使怎麼來了？」比起徐家人，楊老先生也略顯驚慌，四周看著，沒有看到謝九的人影：「謝副盟他也來了？」

實際上，楊老先生也挺疑惑。

謝九除了執行任務，從來不管其他雜事，現在他的心腹卻四人全都現身。

可目前的情況也容不得楊老先生多想，總之今天不管來的是誰，都改變不了他的優勢。

楊老先生所說的話，對徐家大部分的人來說都很陌生，地下聯盟的存在在美洲也非常隱蔽，無論是徐管家還是在場的其他人，都面面相覷。

與此同時，機場邊界處有一半的人卸下偽裝，朝這邊走過來。

唯獨趴在地上發愣的徐二叔驚恐地抬起頭。

「他們，是他們！在美洲跟馬斯家族不相上下的勢力，他們的副盟相當於馬斯家族的家主或者長老級的人物，上次就是他們的人在美洲把秦小姐的資料給我的！」

若不是這樣，徐二叔也不會匆匆去美洲。

地下聯盟是什麼他們不知道，但是居然能跟馬斯家族相提並論。馬斯家族可是美洲的龐然大物，雲光財團背後竟然有這種超級勢力支撐著，難怪短短幾年就迅速發展。

徐搖光跟徐二叔原本覺得徐家可以借助在美洲的市場謀出一條生路，卻沒想到，最終要面對的是與馬斯家族差不多的勢力。

他們想打垮一個徐家不過是時間上的問題。徐家人心裡再也沒有一絲僥倖。

徐搖光一張臉依舊清冷，他目光轉向秦苒，苦笑一聲，「妳不該摻和進來的。」

「程少。」徐管家的頭腦在這時清晰起來，他看著程雋的臉，咬著牙做了破釜沉舟的決定，「求您把秦小姐跟我們少爺帶走，楊家這邊我來斷後……」

他正說著，卻見到秦苒臉上沒有什麼表情，穿過人群往前走了幾步，沒有回答徐管家的話。

「秦小姐，別！」徐管家急迫地開口。

他一直知道秦苒性子剛烈、身手不凡，但剛剛徐二叔說的話讓徐管家十分驚慌。

秦苒現在身體……出問題了。

「秦小姐！」

秦苒腳步頓住，她稍微側頭，平靜無波地對徐管家說：

「徐管家，讓人準備一下，馬上起飛。」

徐管家一愣，「可是秦小姐，我們……」

他一句話還沒說完，秦苒就站定在謝楊四人面前，朝埋伏在機場的那些黑衣人看過去，抬了抬下巴。

「那些也是你們的人？」

單膝跪在最前面的謝楊抬手，「回副盟，那是盟主的人！」

「好。」秦苒將手負在身後，容色凜然，「把美洲的通道打開，你帶一隊人跟上！」

「是！」謝楊領命。

場上陷入一片寂靜，秦苒看著對面原本一臉自負的楊老先生，淡淡開口。

「義父，抱歉，我背後也恰好有地下聯盟。」

偌大的機場，兩方人馬遙遙相對。這句話一出，別說是楊老先生，就連他身邊的明海也臉色丕變。

腦子「嗡」的一下，火花四濺。

他一直覺得秦苒跟寧邇一樣，只是聰明了點，但就算是再聰明的人，也會一生被人掌控在手裡，所以明海跟楊老先生一樣，從未把秦苒放在眼裡。

無論是ＩＴ還是物理，這些花俏的東西在明海看來不過是無用的裝飾。

可眼下……秦苒竟然是地下聯盟的人……

明海看著秦苒，縱使再老謀深算，他也沒有想到這一點。再這樣下去，跟巨鱷的合作……明海心中驚疑不定。

他設計楊老先生再連絡一二九，不過是想換掉四大家族，吃下京城這塊地，讓整個京城成為他的地盤，讓程雋娶歐陽薇也是因為他覺得歐陽薇有資格，但面前這一切卻不在明海的想像中。

他怎麼也沒有想到。早知道秦苒有這麼大的來頭，他就不該阻止那兩人的……

一直沒有說話的程雋終於走到秦苒面前，握住了她的右手，摸著她的脈搏。

「我怎麼會把妳交給徐家……交給徐世影……」程雋在腦子裡回想了一遍顧西遲那裡的病毒，只覺得心口湧上一股血氣，「苒苒，我、我們先回去，先回去找顧西遲！」

明海眼見事情已不在自己控制之內，驚駭地開口，「程雋，你！」

程雋猛然抬頭，深吸一口氣，掩下內心的暴戾，按下耳邊的對講機，冷漠地吩咐：「將這邊封鎖，徐二叔留著，其他人……該處理的全都處理掉。」

楊老先生從震驚中回過神來，他抿唇，「我承認我小看了你們，但我兒子就在路……」

「地下聯盟楊殊晏對吧？」巨鱷跟程土從身後走來，程土朝程雋拱了拱手，「他的人被我們攔截在境外了，至於你留在城郊的二十七名地下聯盟成員，我們已經成功抓捕並連絡郝隊長，交給國際重型監獄了。」

「巨鱷先生，你怎麼跟他們一起……」

明海內心還是有些期許的，他看向巨鱷，然而巨鱷此時卻沒心情理會他。

在他身邊的楊老先生聽到明海的話，徹底崩潰了。
他忍不住往後退，幾欲跌坐到地上，程雋卻沒看他。
什麼徐家，什麼地下聯盟……程雋現在都不想管，他只心慌意亂地看著秦苒，手捧著她的臉。
「我們先去我學弟那裡好不好？」
秦苒還想把徐家的事情解決完，只是看著程雋。他向來矜貴自持，無論遇到什麼情況，都不損他那副不食人間煙火的姿態，此時卻顯盡緊張跟無措。
秦苒看著他，半晌才無奈地開口。
「好，我跟你去，別擔心。」
程雋的手有些不穩地把秦苒大衣上面的兩顆釦子扣好，匆忙帶著秦苒離開。
兩人離開後，明海跟楊老先生都被人帶下去，楊老先生在生意場上一直以笑面虎著稱，此時卻笑不出來，只看向抓著他的程火，十分不甘。
「你們是怎麼說服巨鱷的？」
不甘，明海不甘。他死也想不透，明明他都透過巨鱷連絡到歐陽薇了。
程火目光複雜地看著明海，又帶著輕微的同情。
「你知道巨鱷他兄弟孤狼是誰嗎？」
孤狼？

明海抬頭，嘴角動了動：「誰？」

「秦苒。」程火淡淡開口。

砰——

明海的雙眸徹底無神，忘了思考。

誰都不知道，這一夜看似平靜，京城卻塌了半邊天。

＊

不遠處，郝隊跟程金在處理剩下的事。

程土看著秦苒、程雋離開的背影，半晌，才吐出一口濁氣。

「難怪我一直覺得秦小姐很奇怪，原來地下聯盟的第三大掌權人是她……」

巨鱷跟程土一向敵對，現在也沒時間管他，只用不太標準的中文詢問程水。

「他們剛剛說我兄弟體內有病毒？」

程水的臉色也不太好，他搖頭，「我也不知道實際情況，老大他們現在應該在醫學研究院。」

顧西遲在醫學研究院。

「謝謝。」巨鱷沒多說什麼，得到答案，直接轉身離開去醫學研究院。

程水停在原地，他也想去看看秦苒的情況，但這邊他們必須撐住。

腦子裡的思緒不斷閃過，過了一陣子，他猛然抬頭。

「不對！」

「什麼不對？」郝隊把人都抓起來了，聽到程水的聲音，不由得走過來，「我們今天大獲全勝，比我想像中還要簡單得多。」

「簡單？」聽郝隊這麼說，程金也覺得不對。

五行中，程水跟程金都是程雋的軍師，無論是謀略還是其他方面，都直逼程雋。

「你們不要忘了，地下聯盟為什麼沉寂了兩年，直到最近才復出。」程水看向身邊幾人，沉聲開口，他一直混跡美洲，對美洲情況十分了解，「當時美洲有內情傳出，地下聯盟內亂，然後出現了原本穩坐第三把交椅的副盟主死亡的消息……」

秦苒沒死，代表她當初是詐死。

依照程水對秦苒的了解，當時地下聯盟內部肯定發生了一些事，很可能是叛亂或者其他……不然地下聯盟不會分裂。

以她的手段，想要隱藏下去，不可能會被人找到，現在她站出來完全是因為徐家，還有京城的內亂。

程水跟程金相互看了一眼，都想到一種可能。

「有人設局逼秦小姐出面！」

程金捏緊了拳頭，「我們可以往好的方面想，設計秦小姐可以理解，但沒必要為此大費力氣去設計徐家……」

程水搖頭，他側身看向程土：「程土，你是怎麼攔住楊殊晏的？」

「巨鱷在邊境機場攔住了人，沒費多大力氣……」

程土雖然是個莽夫，但也有些頭腦，聽到程水這麼說，也發現不對勁。

楊殊晏是連程雋都忌憚的人，怎麼會這麼輕易就被巨鱷攔住？就算有謝九幫忙也不可能。

「程金，我們必須做最壞的打算，我怕這件事背後……有更大的陰謀。」聽程土這麼說，程水扶正眼鏡，想了想之前程雋的吩咐，眼眸瞇起：「就算有巨鱷他們也不能掉以輕心。」

他低頭，低聲跟程土說了幾句。

程土聽完，驚訝地看了眼程水。

＊

醫學研究院——

「抱歉，先生……」幾個警衛攔住了巨鱷。

巨鱷沒有看他，腳步也沒有停下。

他身側的手下笑咪咪地擒住警衛，並按了大門開關，在電腦上隨手按了幾串代碼，就查到顧西遲的實驗室，抬頭扔給巨鱷一張磁卡，並道：「老大，西樓B502。」
巨鱷抬腳進去，警衛驚恐地瞪大眼睛。
「這位兄弟，別擔心，我們老大只是去找顧西遲醫生。」巨鱷的手下等看不到巨鱷的身影了，才放開警衛，拍拍他的衣袖，笑著安撫了一句，帶著人進去。
等巨鱷一行人走後，幾個警衛面面相覷。
「老三，我要不要報警？這幾個人看起來就不簡單，程少剛剛才去找顧先生……」
「不用。」老三看了遠去的那一行人，目光帶著忌憚，「今天就當沒看到這件事，京城恐怕真的不太平了……」
另一個警衛也點頭，「神仙打架，我們凡人還是不要管了，當作沒看到就好。」
幾個人有默契地當這件事沒發生。
顧西遲實驗室——
秦苒倚著實驗儀器，手上夾著電子測試儀。
「這什麼破機器！」顧西遲暴躁地踹了他的機器一腳。
前天，程雋就跟他說了秦苒的事。
秦苒的血液確實有異常。
「你給的小苒兒的資料我昨天就在分析，在一院大資料庫裡調查到了十項案例，其他醫院的資料我們還在收集，很像當初程老爺體內病毒的升級版，與最近流行的一種病菌很像，未知的Y3病毒。」顧西遲擰眉，「應該還沒有大型傳染，學長，在沒研究出結果之前，京城的人流你要控制住。」

這兩天，顧西遲在實驗室不眠不休地研究，核酸分子解算出來了，但顧西遲對蛋白質結構還沒有絲毫頭緒。

暫時命名Y3病毒。

資料庫太龐大，當初陳淑蘭那邊，顧西遲一個人研究了好長一段時間，加上程雋才成功研究出來，眼下只有兩天，顧西遲連個實驗小白鼠都來不及觀察。

醫學上的病毒基本上只能抑制，不能徹底消滅，比伊波拉病毒更恐怖驚險。

這不是一項簡單的工程。

「好。」程雋看向被一塊玻璃隔開的秦苒，淡淡開口，「我讓人去辦。」

顧西遲擰眉，「這到底是怎麼傳出來的？」

他抿唇，也看著秦苒，對方一手夾著儀器，一手把玩著手機，似乎不是很在意。

「她……知道嗎？」

「知道。」程雋沒抬頭，聲音一如既往的平靜，「把徐老的死亡鑑定給我。」

他收回目光，拿著試管，鎮定自若地看著電腦上跳出來的資料，手邊還放著一本厚厚的病毒學寶典。

「情況複雜？」巨鱷悄無聲息地出現在兩人身後，「需要我們幫忙嗎？」

「你是……」顧西遲被突然出現的巨鱷嚇了一跳。

B502有秦苒幫他設計的各項紅外線以及機關，一般人要進來都要經過顧西遲的同意，這人怎麼不動聲色地進來了？

「樓月。」巨鱷看了他一眼，然後朝外面指了指，「外面那是我兄弟。」

那就是秦苒的朋友。

秦苒有不少奇怪的朋友，顧西遲稍微收起了疑慮，這機關本來就是秦苒提供的。見程雋對這突然出現的人也沒敵意，顧西遲就不跟巨鱷客氣了。

「你手裡有人嗎？」

巨鱷點頭。

「好，幫我穩住研究院。」顧西遲拿了一份報告，一邊走一邊看向巨鱷，「給我兩個人，我要召開緊急會議。」

「青林，跟著他。」巨鱷偏頭，吩咐青林。

青林朝顧西遲拱手，「顧先生，我是青林，有事儘管吩咐！」

顧西遲挑眉，青林身上的氣勢，一看就不是什麼簡單的人物。

不過目前病毒的事情更重要，顧西遲沒再在意這些人。

*

醫學研究院緊急會議——

顧西遲在國際上名聲遠播，又有程家在背後撐腰，他在醫學研究院的地位很高，但大部分人都只聞其名不見其人。

他召開的會議，醫學研究院裡幾乎每個研究員跟負責人都來了。

京城最近不太平，醫學研究院跟程家都不太好過，但比徐家好很多。像程家這種大家族，多少都有些底蘊，徐家之前因為在美洲投入過多，幾乎是孤注一擲，根基被動搖，也因為如此程家沒有徐家那麼動盪不安，頂多就是程溫如跟程饒瀚的內鬥，外加一個聶家虎視眈眈。

比起搖搖欲墜的歐陽家跟群龍無首的徐家，程家跟秦家都比較平靜。

醫學研究院的負責人，大部分都是程家支系的人。

顧西遲站在最前方，兩隻手撐著桌子，「成立兩個小組。」

一院院長程衛平看著發下來的報告，全都看完之後，心裡也開始恐慌，意識到這件事的重要性。

「顧先生，我這就通知各大醫院隔離病人！」

全世界的人向來都聞未知病毒色變，很早之前也有專家說過，某些實驗室的病毒如果拿出來，夠滅絕人類好幾次。

比起這未知的病毒，四大家族的鬥爭真的不算什麼了。

「Ｙ３病毒的事情，不要傳出去。」這時候就怕人心亂了，那樣情況更加不可控。

「我們知道。」程衛平鄭重地看向顧西遲，「但病毒蛋白分子我們還沒有能力解算出來……」

「這件事我們已經連絡醫學組織了。」顧西遲看向辦公室的人，想了想，開口，「現在整個醫學組織的實驗室都在研究Ｙ３，我們需要提供病毒樣本跟資料，程院長，這件事你帶一組人來交接。」

醫學組織是醫學界最具權威的殿堂，不管什麼事，只要扯上「醫學組織」，所有人的心都會放下一半。

辦公室的人心情如同雲霄飛車，聽聞Ｙ３病毒的時候，會議室內的人心都在谷底，現在聽聞醫學組織出手了，氣勢又高昂起來。

「竟然有醫學組織的人幫忙。」會議室裡的人都拿著資料，「這件事不管怎麼說，對研究院和程家都是好事，去通報大少爺跟大小姐！」

醫學研究院歸屬程家，這種大事肯定要跟程溫如他們商量，並控制消息不要外流。

＊

醫學實驗室的燈一夜未熄，顧西遲跟醫學組織那邊連絡，程雋也在觀察數據進行各項研究。

秦苒與程雋之間有一塊玻璃之隔，此時她正在跟秦修塵講電話，聲音一如既往。

「你安排人盡快接小陵回來。」

『小陵？』秦陵還在國外跟著唐均學習，但秦苒這麼說肯定有她的想法，她不說，秦修塵也不多問，『好，我這就去準備。』

掛斷電話，秦苒才吁出一口氣，往後靠。

她伸手捏了捏喉嚨。

「還不睡。」程雋從裡面出來，手上拿了條毛毯，看到秦苒，薄涼的眉眼也溫和許多。

「睡不著。」秦苒不太在意地開口。

她的睡眠品質一向不好，程雋是知道的。

他看了眼她脖頸上掛著的忘憂，不由得頓一下，長長的睫毛垂下，伸手想要碰碰她的臉。

被秦苒避開。

「我都聽到了。」秦苒嘆了口氣，自行抽走程雋手裡的毛毯，幫自己裹上：「Ｙ３病毒。」

說到這裡，秦苒抬頭，朝程雋笑了笑，「你不怕死啊。」

以前不知道，秦苒肆無忌憚。

但現在秦苒怕了。

她不學醫，但生物也不差。

比伊波拉還要恐怖的病毒，她知道這種病毒的威脅性，而顧西遲還沒研究出來這種病毒的傳染途徑。

向來天不怕地不怕的苒姊，現在怕程雋也出事。

聞言，程雋一雙平靜的眸子也漸漸暗下，低垂的睫毛微顫，伸手抓住秦苒的衣領，什麼也沒說，狠狠低下頭，掌心慢慢滑下，緊緊扣住秦苒的手。

秦苒還沒反應過來，只感覺身側空氣稀薄又炙熱，能清晰地感覺到臉頰滾燙的氣息。

程雋向來溫雅，此時的動作卻帶了些肆意的強硬。

「乖乖待在這裡，其他交給我。」

*

程雋起身，隨手解開最上面的一顆釦子，兩邊的袖子也被捲起，露出一截清瘦的手腕。

「把我爸當初的資料給我。」他開口。

專心研究病毒的顧西遲完全沒有意識到一面玻璃之隔內發生的事，聽到聲音，他只偏頭。

「程老爺的資料？行。」

顧西遲在這裡待了一年多，都在研究程老爺身上的病毒。

他轉身，從自己開著的電腦找出程老爺的檔案，列印出來。

「你怎麼會想起老爺？」

顧西遲研究了一年，資料很多，足足有五十頁。

兩人等著資料慢慢列印。程雋拿著列印出來的資料，一張張翻看。

顧西遲一看程雋這樣子，就知道他在想什麼。

「你不會懷疑……」

程雋沒再說話，專心看程老的病情。五十頁，他全都看完也不過五分鐘。

與此同時，顧西遲也在看兩人的病徵。

「苒苒也有失眠症。」看完之後，顧西遲才發現驚天事實，「她……她有輕微的狂躁症，情緒不穩定，我一直覺得她睡不好是因為家族遺傳病……」

對比她跟程老爺的病情，有好幾項相同。

最主要的一項，都是需要忘憂抑制。

顧西遲看完，連骨頭都在發冷，「學長，你是怎麼想到你爸跟她的……」

「他們都用忘憂來抑制。」程雋手中的紙張漸漸變形。

但還是不對，秦苒跟程老、徐老的病徵不同，不然程雋不會這麼久才觀察出來。

似乎是想到顧西遲在想什麼，程雋抬頭，冷靜地開口。

「之前她體內的病毒沒有完全被激發，如同她體內其他億萬個細胞一樣存在，只影響她的睡眠，只是最近才被徐家人激發。」

這樣一來，就完全說得通了。

顧西遲猛然低頭，想起之前程雋和他要徐老的死亡鑑定，他慌張地從一堆資料中翻出徐老的死亡鑑定，仔細地看了一遍。

他一直沒懷疑過徐老的死，當初徐老死的時候顧西遲也在場，見證了秦苒的自責與痛苦。

沒有人比顧西遲更清楚，秦苒這個人極其重情重義。

可……現在……

程雋冷笑，「徐世影知道自己身上有病毒，他會這麼急著往美洲發展，是為了讓子孫脫離被人掌控的命運。」

可他最不應該的是孑然一身地死了，死前卻還擺了秦苒一道。

徐世影或許是看中秦苒的潛力，想讓秦苒對他報以愧疚，讓秦苒在將來的亂流中保住徐家，也或許是真的為了秦苒著想，想以自己的死激勵秦苒。

程雋喉間哽咽，眸光漸漸深寒。

他一直以為，至少秦苒十六歲之前的生活有潘明月、魏子杭、宋律庭，還有他從未見過的潘明軒，必然是瀟灑自在。

程雋閉上眼，他從小就活在所有人的算計中，早就習慣了也不在意。

可現在換成秦苒……

「我記得她是從懂事起就與其他人不同……」顧西遲喃喃開口，他不由得看向外面秦苒的背影，內心一片刺骨的寒冷，早在雲城的時候，他就非常擔心秦苒的狀態：「有誰會從她一出生就開始算計她……」

「忘憂……」

顧西遲深吸一口氣，現在不是查這些的時候，他抬頭看向程雋。

「眼下最重要的是找到種植忘憂的人，忘憂既然能緩解老爺跟小苒兒的病情，我們肯定能從中找到想要的東西，學長，這可能是唯一的突破口了！你能找到人嗎？」

「這件事不要告訴她，其他交給我。」程雋拿著手機，連絡程木。

因為秦苒的關係，忘憂一直由程木跟林爸爸負責，兩人還研究出了一片園圃。

找完程木，他又撥了一通電話給程水，聲音漠然地吩咐了幾句。

＊

程木此時一無是處地跟著哥哥們。

看到幾個哥哥們又酷又有條不紊地安排事情，程木內心不是沒有失落感。

他好不容易藏下內心的失落，跟在程金身後，安排人封鎖京城各個大大小小的出入口。

口袋裡的手機忽然響了一聲。正是程雋。

手機另一端的程雋只說了幾句話，程木忽然間精神抖擻，他轉身看向程金。

「哥，我不能幫你了。」

程金拿著手機正在通話，聽到程木這一句，不由得看他一眼，意外地挑眉。

「你要幹嘛？」

「我要去醫學研究院幫雋爺。」程木挺了挺胸膛，拿著手機去連絡林爸爸。

背後，程火咬著一根菸，「他還能去研究院幫老大？」

開什麼玩笑呢？

*

凌晨三點，京城黑街——

扛著攝影機的女人身形矯健，她腳踩著看不清臉的壯漢後背，笑得懶散。

按了下耳邊的對講機，「常寧老大，人幫你抓到了，來幾個人到二街把他帶回去。」

『馬上。』那邊的常寧也沒睡，他整理好衣著，迅速出來。

何晨把攝影機放在壯漢背上，這才抬頭看對面的幾個黑衣人。

她抬起右手，幾顆子彈散落在地上發出聲響後，何晨單手插進口袋。

「幾位兄弟，想跟我搶人？這是我盯了一年多的人，想搶沒那麼容易。」

對面為首的男人一身血氣，如同羅剎。他擰眉，看了何晨耳邊的對講機一眼，然後抬手制止手下。

「一二九的人？」

何晨笑得毫無攻擊力，「差不多。」

「走。」男人冷漠無情地看她一眼，目光凝在她的耳邊半晌，倏地轉身，直接消失在夜色中。

不遠處，何晨踩著壯漢的腳微微用力，瞇眼看著男人消失的背影，略顯疑惑，資料庫中並沒有關於男人的任何資訊。

沒多久，常寧趕過來，他看向何晨腳邊散落的子彈，擰起眉：「出事了？」

「幾個奇怪的人。」何晨放下腳，讓人把壯漢抬走，並伸手勾起身邊的攝影機，「毒龍我幫你抓到手了。」

「好。」常寧看了眼被何晨打成豬頭的毒龍，沉默了一下，才開口，「孤狼那邊出了問題。」

「什麼？」正在整理攝影機的何晨不由得抬頭，「有程雋跟地下聯盟在，她那邊還有問題？」

「病毒。」常寧跟何晨解釋了幾句，才正色道：「現在全城戒備。」

「她警覺性這麼差？」何晨擰眉。

常寧略微思索了一下，才搖頭：「我怕是……她體內很早之前就潛伏了病毒。」只有這樣才能解釋。

「有顧西遲他們在，應該沒事吧？」這些事不是何晨的專業，她並不清楚。

「看情況。」常寧收回目光。

何晨點點頭，她把攝影機重新扛在肩上，「這毒龍十分會偽裝，之前是馬修手裡排名第三的通緝犯，身邊還有其他勢力的人監視，我花了一年潛伏才將人引到京城成功抓到了，還有個莫名奇妙的羅剎要跟我搶他，你好好審。」

「好。」常寧看了何晨一眼，讓人把毒龍帶回去。

何晨朝背後揮了揮手，「我去看看我們家小孤狼。」

常寧和手下一起回去，把毒龍關押起來。

抓到毒龍，他本該連絡秦苒。

可現在……

常寧想了想，還是打電話給程雋。

「嘖，這麼難搞的人物，老大你抓他幹嘛？」渣龍打著哈欠往常寧的辦公室走，「何晨她這樣，讓通緝了毒龍好幾年的馬修情何以堪。」

不過要抓到在全世界到處流竄的毒龍，也只有千面間諜出手才做得到，其他人都不行。

「他是寧海鎮七一二的主犯。」常寧瞥了渣龍一眼。

「咳咳——」渣龍震驚地抬頭，「那裡有什麼人物能驚動毒龍？莫非是大神？但也不對，她那時候連我們都不知道。」

「孤狼外婆。」常寧淡淡開口。

渣龍不是常寧跟何晨，對秦苒的家庭狀況不了解，聽到秦苒外婆，不由得睜大眼睛。

「大神外婆是什麼人？」

聞言，常寧沒理會渣龍，只是走到電腦面前，一邊調資料一邊等程雋過來。

程雋到的時候已經接近凌晨四點，他帶著一身風露而來。

「常所長……」程雋對待常寧這幾個人都非常有禮貌。

「叫我常哥就行。」常寧隨意地揮手，並拿了份資料給他，「一家人，不必拘束。」

程雋接過資料，看了眼，眸光一頓，「這是……」

「去年我查了她外婆的資料，當初她外婆病危，你應該也知道，是因為京城藥物全都被調離。」常寧看向程雋。
「我知道。」程雋點頭，只是那時他沒有想太多。
「是兩個勢力。」常寧伸手指著上面的資料，「很複雜，中間轉過了無數人，最近渣龍跟何晨回來後，地下聯盟的人出現，我們才查清楚，但還有些地方很模糊。」
連一二九都用了一年多才查清楚。
程雋低頭看著資料上的一個人，內心思緒萬千，「京大醫學實驗室安教授？」
這位安教授他知道，京大醫學系十分有名的一個老教授，沒教過程雋，但因為這位安教授一直勵志於慈善，程雋聽過他的名字。
「我們只能調查到這裡，其他都要交給你了。還有個人，我剛剛審了一遍，我覺得只有你能問出些什麼。」常寧看向程雋。
程雋是什麼人，他自然也知道，是刑警大隊的老大。
程雋收起資料，「誰？」
「毒龍。」常寧緩緩開口。
程雋猛然抬頭。

*

第六章　步步為營

早上六點，程雋才從一二九大門口出來。接近四月，早上的氣溫不高，空氣中還夾雜著絲絲寒意。

程雋嘴裡咬著菸提神，他沒有回研究院，只是拿起手機，打了通電話給陸照影。

陸照影現在全部心思都放在陸家，並不知道秦苒這邊的事。

『雋爺？』接到程雋的電話，陸照影有些疑惑。

程雋停在路口，身影修長挺拔，他吐出一道菸圈，輕聲詢問：「你有魏子杭的電話嗎？」

半個小時後，A大附近的咖啡廳裡，魏子杭拿著書匆匆趕過來，他坐到程雋對面，風神清絕。

「程少，苒姊那邊出問題了？」

程雋把一杯奶茶推到魏子杭面前，淡淡搖頭，「不是，我問你幾件事。」

「您問。」

對程雋，魏子杭一直十分敬畏，即便京城對程雋的傳言已經滿天飛了。

「關於你苒姊的事情。」程雋拿勺子攪著咖啡，不經意似的開口，「小時候到現在的事情，你知道多少？」

「苒姊？」魏子杭看了程雋一眼，提到秦苒，他也沉默了一下。

程雋安靜地等著。

魏子杭從口袋裡拿出一根菸，緩緩點上，半晌，他看了程雋一眼。

「關於什麼類型的？」

「有些奇怪的，你隨便說。」程雋往後面靠了靠，另一隻手扯了扯衣領，聲音略顯寡淡，看起來有點像秦苒平時那散漫的樣子。

「她小時候經常無緣無故地離開，她自己說是翹課……不過我知道她應該是去京大醫學院找某個人。」對於程雋，魏子杭這些人基本上都認可了他，問起秦苒的事情，魏子杭沒多隱瞞，提到了他百思不得其解的事，「還有一次，她半夜回來滿身是血……」

魏子杭說得很細。他看得很清楚，聽到他說對方滿身是血的時候，程雋拿著小勺子的手背上青筋畢現。

「她義父呢，你知道她義父的事情嗎？」程雋再度詢問。

「你說雲光財團那位？」魏子杭提起雲光財團，不由得擰眉，最近雲光財團的事情在京城都傳遍了，他也不喜歡楊老爺，「不知道，她跟陳奶奶都沒說過。」

程雋點點頭。

陳淑蘭那樣的人物認識楊老爺不意外，但若是認了乾爹，還瞞著身邊所有人，程雋才覺得意外。

他伸手，拿起咖啡杯喝了一口，才看向魏子杭，眉眼間的情緒全都斂下。

「謝謝。」

跟魏子杭分別，程雋沒去研究院，先回亭瀾洗了個澡，換了身衣服，身上的菸味跟眉宇間的倦色全都一掃而空，他才開車去了醫學研究院。

秦苒這個時候還在顧西遲實驗室裡的休息室，現在是顧西遲的主要看護對象。

程雋站在門口，調整了一下自己的神色跟狀態，才朝秦苒走去。

他身形修長，骨相好看，走進來的時候映著燈光，眉眼分明得矜伐，蒼冷的實驗室都被添了幾分色彩。

「我先去跑個新聞，等等再來看妳。」

坐在秦苒對面的何晨看到程雋，就收拾自己的東西離開。

程雋跟何晨打了聲招呼，才坐到秦苒對面，眉眼間多了幾分溫暖，把早餐擺在她面前。

「家裡廚師做的早餐，非要我帶過來。」他把早餐跟碗筷一一擺好，跟以往沒什麼兩樣，語氣不急不緩的：「吃吧。」

「喔。」秦苒翹著二郎腿，掃了眼桌子上的食物，有點多。

還沒說什麼，裡面的程木、林爸爸跟顧西遲都走出來，「謝謝雋爺！」

程木看了眼程雋，就坐到秦苒對面，拿起筷子，夾了個包子。

林爸爸一邊吃，一邊跟程木討論活性的問題。

秦苒吃完，看著這些人，一點不把自己當「隔離」對象看待，她頭疼地按了下太陽穴，並抬腿踢了踢程雋的腳。

「雋爺，你就不能……」約束他們一下？

程雋在跟顧西遲討論研究的問題，聞言，他偏過頭，從口袋裡拿出一根棒棒糖，剝開包裝紙塞到秦苒嘴裡，氣定神閑地道：

「乖一點。」

秦苒看著他這麼淡定的樣子，不由得摸摸鼻尖，咬著棒棒糖沒再開口。

「電腦幫妳帶來了。」程雋繼續開口。

好吧。

秦苒看著桌子上的電腦，思忖半晌，她這樣就不能繼續害人了，只能遠端幫南慧瑤跟葉學長他們確認資料。

她想了想，還是打開宋律庭的微信，傳了一句話給宋律庭。

『**宋大哥，最近研究院跟廖院士那邊，你幫我看好。**』

宋律庭直覺敏銳，秦苒一開始不同意他參與，現在又換了一番說辭，他想都沒想就打電話給秦苒，結果被秦苒含糊其辭地蒙混過去。

「你知道最近程家跟雲光財團都出了問題，我要處理這邊的事。」

宋律庭聰明，他知道有什麼不對勁的地方，但也知道問秦苒問不出來。

『最近傳言有個流行感冒，妳注意一點，反正妳也喜歡戴口罩，沒事就多戴口罩。』

他從潘明月、魏子杭到秦苒跟沐楠，全都叮囑了一遍。

秦苒坐在桌子上，晃著一雙大長腿，目光朝程雋那個方向看了一眼，輕聲笑。

「好，宋大哥，你們也要小心一點。」

她掛斷電話，才看向程雋那邊，微微皺眉。

「病毒的事情已經被宣揚出去了，剛剛宋大哥跟我說了。」

「這件事牽涉到的人很多，控制不住。」程雋不太在意，隨口道，「我們只能控制擴散的速度，控制不了所有消息。」

畢竟，每個醫院都有被隔離的病人，那些醫生和護士總會告訴家裡的人，世界上沒有不漏風的牆，消息被洩漏出去是早晚的事。

電話另一邊，宋律庭掛斷電話，眉眼垂著，又打了一通電話給魏子杭。

＊

研究院有了醫學組織跟林家人的加入，開始了新的研究方向，這個課題，幾乎將全世界所有頂尖的人才都聚集在一起了，其中還包括林家詭異的「忘憂」系列植物，已經確定了一款疫苗。

程家經過前段時間的波折，元氣大傷，還在恢復階段，這時突然間有了醫學組織跟神祕植物系列公開，讓股票跟融資瘋漲。

程家研究院管理階層的人物都坐在會議桌旁，開著大會。

程饒瀚更是滿面紅光，志氣昂揚：「這次我們程家算是成功出頭了，京城病毒好好控制，有美洲醫學組織跟『忘憂』的背後人在，我們研究院這次要享譽世界！走上美洲也指日可待。」

「大少爺管理有方。」研究院的負責人恭維，「畢竟有您在，才吸引了這麼多人。」

程饒瀚當初跟歐陽薇交好，調查過「忘憂」背後的事情，他大張旗鼓的作風所有人都知道，而程溫如向來不宣揚這些事，因此大部分人都在恭維程饒瀚。

「大少爺，最近雲光財團跟明海那邊都沒有動靜，有傳言他們被抓起來了，我們何不趁此機會大幹一場，讓那聶家好好看看……」有人開口。

有抱負的，沒有哪個不想大幹一場，尤其程饒瀚最近春風得意，他聽著身邊人的話，略微思索了一下，才點頭。

「好！」

*

程饒瀚這邊的情況程雋不知道，也不在意。

他跟顧西遲、林爸爸還有醫學組織的人已經研究出了一些頭緒。

實驗室裡，程雋拿著試管，看到秦苒正在外面翹著腿玩遊戲，他才低頭，重新整理手上的實驗。

口袋裡的手機響了一聲，他低頭一看，是程金。

『安教授我找到了。』程水那邊正在機場，最近機場有人流限制，只能進不能出，他走到一處安靜的地方，『他已經回京大醫學實驗室了。』

「好。」

程雋伸手，不緊不慢地脫下身上的白袍往外面走，在玩遊戲的秦苒身後停下腳步。

秦苒在玩九州遊，用的是他的帳號，開著擴音，還能聽到林思然的聲音。

『苒苒，扛！給我扛傷害，我要親自殺了他！』

「別急。」秦苒咬著棒棒糖，她從來到京城就一直在忙，很久沒這麼放鬆了，她不緊不慢地操控著人物，悠閒地道，「爹正扛著呢。」

『我靠林思然妳不是人，妳竟然讓苒姊一個輸出幫妳扛傷害！』一道男聲響起。

程雋抬了抬頭，想起這道男聲是秦苒那個高中同學何文。他本來想跟秦苒說一聲要出去了，看秦苒玩得這麼開心，也沒打擾她，放輕腳步離開。

這裡距離京大不遠，程雋開車出去，沒多久就到了。

如今京城各大醫院跟醫學界的人都知道了病毒的消息，人心惶惶，京大醫學實驗室也成立了醫學小組，正在研究這些。

程雋以前在京大醫學系也是不亞於秦苒的變態人物，以至於他的陰影一直籠罩在醫學系的人的腦袋上，認識他的人不少。

「程學長？您怎麼來這裡了，您找誰？」他將車停在實驗室大門口，就有人認出了他，激動萬分地開口。

程雋將車門關上，朝說話的人看過去，「我找安教授，你知道他在哪裡嗎？」

醫學系的教授就那麼幾個人，叫安教授的更是不多。尤其是安教授這種一直做慈善，幫助孤兒的老教授，在醫學院更是名聲赫赫。

男同學連忙開口，「我知道安教授，他在醫學系幫人代課，我帶您去找他！」

「謝謝。」程雋禮貌地說。

醫學系大樓距離這裡並不遠，男生很快就帶著程雋找到了教室，安教授還在上課。

程雋也沒突兀地叫人，只從階梯教室後門進去，坐在最後一排。他氣質太過特殊，一身矜伐的氣息，過分盛極的臉，一進來就吸引了所有人的注意，很快就有人認出了他。

安教授是個頭髮花白的老人，他慢吞吞地講課，看到班上一大半的人都在看程雋，他不由得笑了一下，醫學界對程雋這零失敗率的外科醫生如雷貫耳。

「大家既然都無心聽講，讓你們程學長來上一課可好？」

程雋被迫上了半節課。

下課後，安教授才推了下眼鏡，朝程雋看過去，「找我是為了寧老的孫女吧，來我辦公室說。」

程雋跟秦苒的事情，在京城這個圈子裡，已經不是什麼祕密了。

「坐。」安教授幫程雋倒了杯茶，並看向他，「想要問什麼？」

「我想知道所有，包括她跟她外婆。」程雋拿著茶杯，容色沉穩，不急不躁。

他跟常寧都查了安教授的背景。

「很厲害，我都能被你找到。」安教授推了下老花眼鏡，捧著一杯熱茶打太極。

「知道京城的Y3病毒嗎？」程雋淡淡開口。

安教授不太在意，「有所耳聞。」

「她身上有。」程雋面無表情地看著安教授。

啪——

安教授手裡的熱茶掉在大理石地上，他眸光呆滯地看著程雋，嘴角顫抖。

程雋安靜地等待安教授反應過來。

半晌，安教授才站起來，他走到櫃子旁拿出一串鑰匙，開了鎖，從裡面拿出一個白色的瓶子，上面寫了個字跡潦草的「Q」。

程雋的目光盯著白色藥瓶。

「這是她的東西。」安教授把瓶子放在程雋面前，頓了頓，才開口，「你既然能查到我，應該也知道地下聯盟吧？」

程雋點頭，目光不離白色藥瓶。

「她一直在跟地下聯盟做交易，拿這些為她外婆續命，她外婆本來在她外公死後就該死的，硬生生讓她多拖了好幾年。」安教授的眸光有些渙散，不知道要用什麼樣的語氣，「地下聯盟那種組織你應該也知道，一命換一命的任務，她一直瞞著她的外婆，當時可是十四歲。」

程雋放在膝蓋上的手一點一點地握緊，他已經把剩下的空白全都補齊。

陳淑蘭身體本來就不好，秦苒視她如命，一直在跟地下聯盟做交易。

他不知道她是怎麼完成那些任務的，但想必就是靠著那些任務拿到功勳，坐到副盟的位子，成了很多人的眼中釘。

當初貧民窟，就算沒有他……就算秦苒沒有經歷七一二的事件，她也難逃地下聯盟的設計……

難怪……難怪她當初只打電話給顧西遲，難怪詐死。

她一定是自己也意識到了。

好在她從頭到尾都沒有暴露出自己的身分，不然依照地下聯盟的手段，她身邊不會留下一個活口。

楊、殊、晏。

程雋無聲地念著這三個字。他大概明白，秦苒的身分，可能在不久前就被楊殊晏察覺了，才有了徐家這場大戲。

「當初發現隕石坑的核心人物，寧邇跟他夫人、秦老爺、秦夫人還有你爸、徐老，全都死了，陳教授實驗藥的事，我當初曾試圖阻止他們動手。不過你也知道，我現在只是一個教授，做的都是徒勞。」安教授的聲音蒼老無力，「楊老先生他想要誰死，誰也逃不過的，我以為他會放過苒苒，沒想到……」

楊老先生已經被程雋抓住了，這件事他沒有告訴安教授，他站起來朝安教授深深鞠了一躬。

「謝謝。」

不是謝他告訴他這一切，是謝他曾經對秦苒的關照。

程雋轉身離開。他背後，安教授看著窗外。

「不用，我跟她也是有交易的。」半晌，辦公室沒人了，安教授才拿出一張金卡，他低頭喃喃開口，「她做完任務，除了藥物，其他的錢都轉給我了……」

＊

程雋離開大樓，頭頂陽光明媚，程雋卻感覺不到任何暖意。

他拿了車鑰匙，剛走到車旁，就看到靠在車門旁的修長身影，是宋律庭。

他還穿著白色的研究袍，一身嚴謹，五官不如程雋的精緻盛人，帶著少年人罕見的自律穩重。

「程先生，關於苒苒的事情，我們需要聊聊。」

程雋知道宋律庭。他停下，看著宋律庭半晌，才開口說了幾句話。

宋律庭安靜地聽著，眉眼始終都沒有變化，過了半晌才輕聲開口。

「可以帶我去看她嗎？」

程雋知道，秦苒不想讓她那些朋友知道她的事情，但宋律庭太過敏銳了，瞞不過，程雋也沒有避讓。

他頷首：「上車。」

「謝謝。」宋律庭開口。

他坐到後座，兩人一路上都沒什麼話。沒多久，車子就到達醫學研究院，卻發現研究院門口一堆記者吵吵嚷嚷，聲音尖銳。

「請問一下，為什麼醫學院沒有隔離，有一個攜帶Ｙ３病毒的人！」

「請問，誰會對京城所有人的生命負責？」

「聽說秦苒小姐身上帶有的Ｙ３病毒比所有傳染者都厲害，這個消息是否屬實？」

「……」

程雋不由得皺眉，他轉頭從地下車庫入口進去，並按了手機，打給程水。

「醫學院門口是怎麼回事？」

『老大，我正好要打給你，半個小時前，Ｙ３病毒的事情已經傳出去了。』程水的語氣嚴肅，『秦小姐的事情也不知道被誰傳了出去，現在醫學院一團糟！』

程雋眉眼未動，「我知道了。」

他把車停好，走上地下車庫的電梯，往地下五樓去。

程水的聲音宋律庭也聽見了，他心下急著，眉眼也難得多了焦躁，沒看到秦苒現在的情況，他也無法平靜。

Ｂ５０２——

程雋一來，就看到站在門口的程溫如，她此時沒了女強人的氣勢，只壓著怒氣看向程雋。

「出這麼大的事為什麼不告訴我？」

「沒必要。」程雋的聲音平靜無波，容色一如既往，像不知道秦苒的事情一般。

程溫如還想說什麼，程雋卻停了腳步，他看向程溫如跟宋律庭笑了笑，語氣淡然。

「別帶著情緒進去見她。」

聽完，程溫如愣愣地看著程雋，眼睛發紅。

秦苒平常就算咳一聲，他都會擰眉半天，這種情況下，沒人比程雋更難受。

宋律庭站在門口，也調整了一下自己才進去。程雋在門內看了眼秦苒，她依舊在跟林思然打遊戲，精神狀態與以往沒什麼不同。

他才看了看周圍，不由得擰眉，「顧西遲呢？」

「雋爺。」程木看了眼秦苒的方向，壓低聲音，「大少爺知道了秦小姐的事情，要把秦小姐送走。」

程雋點頭，伸手扯了扯雪白的衣領，「哪個會議室？」

程木說了個地址。

「好。」程雋笑著微微頷首，直接去會議室的方向。

會議室——

程饒瀚以及研究院大部分的負責人都在。

「不行，顧醫生，秦苒這種危險人物一定要送走，她身上的病毒比所有感染病毒的患者都厲害。」程饒瀚開口，「現在媒體都被驚動了，網路上都在討論這件事，京城人人自危，不能繼續留她在這裡了。」

「是啊，顧醫生。」

「……」

這種事，顧西遲當然不答應，他看向程饒瀚，還未開口就聽到門外淡淡的聲音。

「學弟，不用說了，我們離開。」

門外，程雋穿著雪色的襯衫、黑色長褲，眉眼舒展地說。

會議室內，所有研究院的負責人都認識程雋，也知道程雋幫了程家不少，但此時保命為上，儘管知道有顧西遲跟程雋在，秦苒不會影響到研究院的人，但他們還是害怕。

目前正跟醫學組織聯手，富貴就在前方，他們不想出半點差錯。因此，大部分的人都不敢正視程雋，沒說什麼。

程饒瀚張了張嘴，看著程雋道：「你也知道，網路輿論相逼，剛剛還有好幾個家族的人打電話給我，我也沒有辦法……」

京城家族這麼多，越有錢的人越是惜命，他們還要來研究院打疫苗，對秦苒更是不能容忍。

程雋沒有說話，只看了他一眼，轉身離開。

顧西遲看向程雋，半晌，他皺眉：「好吧。」

看到程雋的一瞬間，程饒瀚下意識地縮著肩膀，他現在也有點怕程雋，但程雋什麼也沒說，直接投降要帶秦苒離開，讓程饒瀚鬆了一口氣。

他看著程雋離開的背影。

如今研究院、醫學組織還有神祕「忘憂」有了兩個小組的研究團隊，好日子還在後頭，程雋也走了，對他來說是件絕佳的好事。

程饒瀚不由得笑了一聲，正好看到門口的程溫如。
程溫如只看了他一眼，「你之後別後悔就行。」

*

程雋一邊回實驗室，一邊滑著微博。
這件事是一個娛樂博主傳出來的。
底下留言的風向一面倒。
『雖然我是秦苒的粉絲，但我不得不說一句，她這麼自私的嗎？不顧其他人的生命安危？』
『竟然還待在研究院，眼下Y3病毒人人自危，研究院有多少大神在做研究，她要是意外感染到了這些人怎麼辦？』
『……』
偶爾也有幾人反駁說這種病毒透過空氣傳播的機率不大，但都被人忽視了。
雖然Y3病毒可怕，但有醫學組織跟林家，還有快要研發出來的新型疫苗，京城貴族跟一眾網友們並不憂心，反而說著風涼話。
程雋冷笑著看完。

他拿了根菸，咬在嘴裡，淡淡地往實驗室裡面走，「準備一下，所有東西都帶走。」

「什麼情況？」程木看了眼跟在程雋身後的顧西遲。

顧西遲聳肩，嗤笑：「那群白痴，大概不知道你們家雋爺向來不愛江山愛美人。」

「嗯？」程木沒聽懂。

顧西遲瞥他一眼，沒再說話，拿著電腦跟他需要的實驗器材，跟程雋一起出門。

一行人都回到別墅。

「不對……」車子停在門口，開車的程木嗅覺靈敏，微微瞇起眼：「雋爺，有人闖進別墅了！」

＊

與此同時，研究院兩個研究Ｙ３病毒組的組長都發現連絡不到醫學組織了。

「怎麼會這樣？剛剛不是還傳了一份資料過去嗎？」

「顧先生跟林先生走了？怎麼回事？」

幾個人面面相覷，有人不停撥打電話，有人去找程衛平、程饒瀚還有顧西遲。

程饒瀚正在應付一個記者，「我知道大家很關注新型疫苗，但不要恐慌……」

他應付完記者，才接到研究院的電話，聽到電話那邊的聲音，他面色一變，連忙趕回研究院Ｂ５０２，正好遇到林父拖著行李箱出來。

「林先生，林先生請您留步！」程饒瀚連同一眾人連忙開口，「我們研究院有什麼怠慢之處嗎……」

林父正在連絡程雋，聞言，他抬頭，聲音有些憨厚，一臉莫名地說：

「我是因為苒苒來的，苒苒你知道吧，我女兒的好朋友，還幫我女兒考到了Ａ大，她要去哪裡，那我當然就去哪裡，咦？先生您沒事吧？」

林爸爸說完，還接了一通電話，正是林思然打來的。

他一邊拉著行李箱，一邊開口，「乖女兒啊，妳別著急，我正要去苒苒那裡……妳放心，老爸我是那種人嗎？等等，馬上就到……」

他說著，還抬頭朝程饒瀚那一行人看過去，「麻煩借過一下，我得快點走了。」

研究院的一眾管理高層面面相覷，一時間有些回不過神，心裡頓感不妙。

世界新型疫苗就在Ｂ５０２那些人的手裡，程家一眾人要靠他們安撫群眾，也要靠他們穩固自己。

眼下林爸爸卻走了，那他們程家拿什麼安撫群眾？拿什麼去給京城一眾豪門貴族交代？

變故出現得太突然了，程饒瀚跟一眾研究院的人都沒反應過來。

此時身側一個研究員終於撥通了醫學組織裡一個國內學員的電話。

「大少爺，我撥通醫學組織的電話號碼了！這學員以前是我的學生。」

聽到這個聲音，所有人都朝這邊圍過來，程饒瀚也猛然回神，慌亂地道：

「快，問問他這究竟是怎麼一回事！」

所有人都看著自己，研究員連忙開了擴音。

『老師？』電話那頭的學員疑惑地開口。

研究員連忙問了出口，聲音溫和，卻掩飾不了急切，「小蘇，醫學組織那邊是不是出事了？為什麼說好晚上傳資料，到現在都還沒有消息？大少爺也還在等。」

『您說這件事啊……』手機那頭的小蘇頓了一下，才搖頭，『你們還是別想了，如果可以，還是跟程學長好好道歉吧，可能還有轉圜的餘地。』

「你們沒有履行合約，我們研究員前前後後為了這個疫苗付出了多少努力，如果這樣，我們以後的合作機會肯定會越來越少……」程饒瀚直接拿過手機，內心思緒萬千。

小蘇不知道該用什麼語氣，半晌，才匪夷所思地說：『合作？誰跟你們合作了？你們是不是弄錯了什麼？』

「什麼？」程饒瀚聽到小蘇這句，下意識地感覺到有什麼地方不對。

果不其然，小蘇的下一句話徹底打碎了他的想像，『醫學組織哪有跟人合作，不過是組織裡各實驗室的老師看在程學長的面子上，幫忙分析資料跟研究實驗，因為程學長是我們醫學組織的下一任繼承人，不然你找找，全世界有誰有這個能力，能讓整個醫學組織的人都出動？你們瘋了吧。』

小蘇的話音一落，現場所有人額頭都冒出一陣冷汗。

「三少爺他……」

「怎麼會？」

所有人都在驚呼，醫學組織的繼承人，那幾乎是站在整個醫學界頂端的地位，豈止是程家一個家主能比擬的？

手機被掛斷，現場沒有一個人說話，所有人都看向程饒瀚，沉默不語。

「大少爺，外面的記者又來了！」有人連忙從外面趕過來。

程饒瀚只茫然地抬頭，看向程溫如，目光帶著祈求。

「二妹……」

程溫如搖頭，她看著程饒瀚，不由得嘆氣，她爸爸幫程饒瀚取這個名字簡直就是敗筆，太過自以為是，到現在都還看不清楚局面。

不說其他，光是從顧西遲跟程雋這麼鐵的關係，就能猜出這件事情不簡單。

京城四大家族已經不是以前的四大家族了，可程饒瀚還不明白這一點，總以為程家是四大家族之首，不把其他人放在眼裡，其實他做其他事都沒問題，可他最不該的就是去動秦苒。

之前京城無論發生了什麼事，程雋也從未想過要對付程家，誰能想到最後是因為她，才讓程雋第一次真的對程家動手。

「我早跟你說過，得饒人處且饒人，你要感謝你是爸爸的兒子。到了這個地步，明天那些媒體跟京城等著疫苗的各大新貴要怎麼應對，你自己去說吧。」

程溫如冷冷地看了程饒瀚一眼，轉身直接離開。她也擔心秦苒的病情跟疫苗的研究，此時對程家不太關心。

程溫如走後，程饒瀚一言不發，心思十分慌亂，他愣愣地後退了一步，身邊好幾個人都在催促他。

「大少爺，怎麼辦？」

「大少爺，又有媒體的電話打來了……」

「大少爺……」

「……」

程饒瀚忙得舌乾口燥。

半晌，程饒瀚眸光明滅，他下了決定，直接揮手。

「去連絡二小姐，找出三少爺在哪裡，我去向三少爺還有秦小姐負荊請罪！」

＊

別墅燈火通明，一直等在門外的程火看了程木一眼，他沒有感覺到別墅有外人闖入。
「別墅當然有人留守。」
程木下車，目光深沉又高深莫測地看了程火一眼，深沉地搖頭。
「你不懂，我說的是外來闖入別墅的人。」
「程小木你這是什麼眼神？」程火的火爆脾氣，一言不合就要動手。
程金拉住了程火。
程火偏頭，「程金，你別拉我，我今天一定要讓他見識一下什麼叫滿地找牙！」
「不是……」程金咳了一聲，壓低聲音，「我是怕你打不過他。」
程火：「……」
別墅內十分安靜，鵝卵石路盡頭的大門沒有傭人提前開門，安靜到有些不尋常。
程雋跟秦苒走在第一排，顧西遲落後秦苒一步，正跟醫學組織的老頭講電話，其他人都在身後。
程雋不緊不慢地推開門。
別墅一樓的大廳很大，能清楚地看到大廳中央站了個人影。
他背對著門，似乎在看牆壁上的壁畫，身影頎長，一身白色，周身似乎縈繞著冰雪之色。

整個別墅的傭人、廚師都被押在一邊，被陌生、似乎染著血氣的黑衣人拿刀架在脖子上。

應該是聽到了聲音，中間的人影側過身來，看向從門口進來的人，神色自若地開口，語氣清冷。

「回來了。」

跟在程雋身後進來的程水等人看到那張臉，眸色劇變。

儘管只在美洲見過一面，程木也認出來了，他小聲說：「那位楊先生？他怎麼會在這裡？」

「我早就知道這一切是個陰謀。」程金瞇眼，「程土跟巨鱷怎麼可能這麼簡單就攔住楊殊晏。」

程水跟程金陷入一級戒備，並不動聲色地撥通了手機。

顧西遲並不認識楊殊晏，他停下跟老頭的對話，疑惑地看向程雋，又看向程水。

程水壓低聲音，神色嚴肅地朝顧西遲小聲說：「顧先生，那是地下聯盟的盟主……」

其他的不用程水多說，混跡美洲的，只要有點勢力跟人脈，都知道地下聯盟是什麼樣的存在，尤其是跟馬修十分熟稔的顧西遲，當然知道這是令馬修頭疼的頭號通緝犯，手段狠毒。

聽完程水的話，顧西遲深吸一口氣，有些難以置信地說：「我學長跟小苒兒怎麼會惹上他？」

程水搖頭，沒再多說，只如臨大敵地防備楊殊晏。

程水看向程雋：「老大！」他等著程雋指示。

與此同時，跟在程雋身後的所有人都如臨大敵，全京城都在戒備，楊殊晏還能先一步抓住別墅裡的人，由此可知，他在國內的勢力並不弱。

然而，出乎其他人預料，程雋只低頭，不緊不慢地跟秦苒說話，「我讓廚師幫妳準備營養粥。」

秦苒有些不耐煩，皺了皺眉：「水煮肉。」

「好。」程雋點點頭，朝脖子上被架著刀的廚師看過去，氣定神閑地開口：「聽到沒有，秦小姐晚上想吃海鮮粥。」

「好的，三少。」廚師聽完，連忙從口袋裡拿出一本小本子，緊接著拿出一支黑筆，十分鄭重又嚴肅地記上「海鮮粥」三個字。

手裡拿著刀，架著廚師的黑衣人：「……？」

廚師記完，還貼心地看了秦苒一眼，禮貌詢問：「秦小姐，妳還有其他吩咐要讓我記錄的嗎？」

秦苒面無表情地看著廚師，覺得這廚師是個人才。

程水跟顧西遲這些人也滿臉複雜地看向廚師。

楊殊晏的面色沒有半點變化，目光轉過程雋，落在秦苒臉上，微微一笑，像很多年前秦苒第一次看見他的樣子，他輕聲開口。

「苒苒，跟我回去。」

「讓你再設計她一次？」程雋這才側過身，淡淡地看向楊殊晏，他撫平秦苒微皺的衣領，慢條斯理地回：「不可能。」

「我後悔了，妳死亡的消息傳出來後我就後悔了。」楊殊晏克制住內心的血氣，但目光還是變得深沉。他專注地看向秦苒，「妳說過，我們是最好的戰友，我永遠可以把後背交給妳。」

什麼後背。

刺耳，真的刺耳。

程雋沒有耐心聽這些。

他擰了擰眉，直接轉頭：「楊殊晏，這也是你催化她體內病毒的理由？」

楊殊晏深深地看了程雋一眼，才開口：「程雋，你也知道，她體內有病毒，我手裡有抑制劑，只有我能救她，美洲地下聯盟一半地盤都給你，你當初去雲城，也不過是為了隕石坑的消息，只要你把她給我，這些全都是你的。」

程雋捏著秦苒的手頓了一下，內心血氣翻湧，這是他這兩天遲遲未對楊殊晏動手的原因。

在他身後的顧西遲也沒再說話了，只擔心地看向程雋。

Ｙ３病毒，研究出來的新型疫苗也只能用來預防，顧西遲不知道他們要多久才能研究出能徹底讓Ｙ３病毒失去活性的抑制藥。

或許馬上，也或許很久。

誰也不能確定秦苒能不能等到那時候。

「你……」程雋抬頭，眸裡這幾日的淡定溫和徹底消失，只剩滿目的蒼冷，連掌心都慢慢變涼。

他從頭到尾參與了病毒的研究，這幾天研究院有關病毒的書都被他翻了個遍，此時他能聽到心臟一聲一聲跳動。

他親自目睹程老爺的死，脈搏慢慢停下，雙眸一點一點閉上，從今以後世界上再也沒有這個人的痕跡，彷彿不曾存在。

程雋不敢想像，換成秦苒他會怎麼樣。只要一想起，就心如刀割，喘不過氣來。

不能想，不敢想。

他從來不在秦苒面前表現出半點急躁。

「學長……」顧西遲站在程雋身邊，擔心地看了他一眼。

秦苒一直站在程雋這邊，她等了半天，都沒等到程雋的回答。

她空著的一隻手掏了掏耳朵，偏頭看向程雋，揚眉，被氣笑了，沒有半點自己是帶著病毒的異類的自覺。

「你不會是在考慮這件事吧？」

程雋這才抬頭，輕笑了兩聲，無奈似的看向楊殊晏。

「你看到了？我也很無奈。」

身邊為程雋擔心不已的顧西遲：「……」

果然是他學長。

程雋並不管楊殊晏，只拍拍秦苒的腦袋，淡淡開口。

「上樓休息，等一下下來喝粥。」

秦苒覺得，要是換個人這樣對她，在她臨死前還不讓她吃頓好的，她可能會把對方的頭擰下來。

她看著程雋半晌，才「喔」了一聲，「那我先去睡一覺。」

她最近被顧西遲注射了不少藥物，精神狀態確實不如以往。

秦苒抬腳往樓上走，彷彿楊殊晏這行人不存在一般。

楊殊晏看著她不急不緩上樓的背影，眸子漸漸轉冷，臉上一直掛著芝蘭玉樹的笑也開始消散，他抿唇看向秦苒。

半晌，他才笑了，點頭，喃喃開口，「我不想逼妳的。」

秦苒倏地停下腳步，她手放在樓梯扶手上，精緻的臉上不帶任何表情，一雙黑漆漆的眸子定睛看向楊殊晏。
「妳弟弟在我手上。」楊殊晏閉了閉眼，才對上秦苒的目光，「只要妳跟我一起回去，永不回京城，我就放他回來，保證他安然無事。」
楊殊晏很了解秦苒，知道用什麼才能掌控她。
門口，顧西遲忍不住開口，「卑鄙無恥！」
秦苒沒有說話，她之前就囑咐過秦修塵要讓秦陵回來，卻沒想到還是被楊殊晏捷足先登了。
從她懂事開始，寧邇就目光複雜地告訴過她，對楊家要懷有敬畏之心。那時候的秦苒不明白。
直到最近她才想通，寧邇知道她天賦卓絕，臨死之際向楊老爺臣服，是在保護她。
她與虎謀皮，這麼多年一直小心翼翼，不讓楊殊晏發現自己的身分。
若被他發現她還沒死，她身邊的人都會遭殃，楊殊晏也從未懷疑自己的義妹秦苒，就是他之前想要除去的眼中釘。
她可以保所有人一時，但總會有漏洞，徐家的事情發生得讓秦苒措手不及，她不得不連絡謝九。
秦苒身上的戾氣一點一點渲染開來。
楊殊晏神色未動，他再度開口，聲音又變得溫和：「苒苒，跟我回去。」

「小苒兒。」顧西遲面色變了變，「別激動，別中他的圈套！」

「秦小姐！」程木也擔憂地開口。

大廳內緊張的氣氛中，忽然響起了一聲輕笑。

所有人都下意識地朝聲源看去。

程雋偏了偏頭，眉眼舒展地看向楊殊晏，緊張的氣氛中，他平白給人一種從容不迫的感覺，半點驚慌也沒有，只拿著手機，撥了一通電話出去。

「苒姊，接個電話。」他隔著很遠的距離，把手機扔給秦苒。

秦苒下意識抬手，精準地接住，手機剛到手，程雋撥打的電話就被接通了。

手機另一邊是秦陵的聲音，距離有些遠。

『叔叔，我自己拿。』還能聽到風聲。

聲音漸漸接近，應該是把手機拿到耳邊了，『姊夫，我跟叔叔到機場了，也看到樓叔叔了，你跟我姊在哪裡？』

秦苒：「……」

秦苒剛醞釀出來的憤怒不上不下的，有些尷尬，慢吞吞地收起手機，她抬頭瞥了程雋一眼。

想問問他什麼時候收買了秦陵，竟然都開口叫姊夫了？

「我上樓休息。」秦苒仰頭。

樓下，看著秦苒的楊殊晏一直勝券在握的面色終於有了變化，他看向程雋，眸色翻湧。
「我果然小看了你。」
「彼此，不及楊先生在境外戲耍了巨鱷跟程土。」程雋十分有禮貌，不緊不慢地開口。
楊殊晏看著程雋，半晌沒有再說話。
只看著秦苒上樓的背影，「妳真的要留在這個地方？沒看清楚這裡的人心？除了他，所有人都畏懼妳，想讓妳離開，與當時地下聯盟的情況有什麼不同？」
有程雋在，秦苒覺得，她應該也不怕身邊的人被楊殊晏報復了。
她漏掉的、疏於防範的，就如同程雋說的那樣，她這一次可以完全放下心，全都交給他。
她停下腳步，認真地看向楊殊晏。
「不一樣。」
楊殊晏輕聲開口：「有什麼不一樣？妳看程家人，看看研究院的人，他們還是把妳趕出來了。再看看徐家人，哪個不是利用妳？忌憚妳？想要妳手中隕石坑的消息！還有妳的那些朋友，妳以為他們還會毫無芥蒂地與妳接觸？秦苒，妳睜開眼睛，好好看看身邊的人，沒有人不怕死，他們把妳趕出京城就是最好的證明。」
他正說著，大門外忽然傳來了一道聲音。
「怎麼這麼多人？」那人一邊說一邊進來。

正是林爸爸。

他嘆息一聲，然後看向秦苒，「苒苒，等一下思然要過來，我已經幫妳解釋過了，但她對從新聞上知道妳的情況還是非常憤怒，妳可能要帶她打到至尊十九星了。」

楊殊晏的話停住，他看向突然出現的林爸爸。

林爸爸沒在意多出來的人，只看向顧西遲，「小顧，你們器材還沒擺好？」

顧西遲頓了頓，「林叔，你怎麼現在才到？」

「喔。」林爸爸這才慢吞吞地舉起手裡的鏟子，遞給程木，解釋道：「程木之前告訴我，他的鏟子不好用，我剛剛在路上看到一把絕世好鏟，身上的錢不夠，那個人還沒辦法用電子支付……程木，你覺得這把鏟子怎麼樣？」

說著，林爸爸把鏟子遞給程木。

程木掂了掂，覺得還不錯，「謝謝林叔叔。」

顧西遲：「……？」

兩人正說著，門外又有汽車的聲音響起。

緊接著，程饒瀚跟一眾研究院的人來負荊請罪了。

開口的是程衛平，「三少、秦小姐，秦小姐，我們對之前研究院的做法感到十分羞愧！今天我來，只希望您原諒！」

顧西遲頓了一下，倒是疑惑，「你們不怕被感染病毒了？」

程衛平搖頭，沉聲開口：「我只怕病毒擴散，秦小姐為我們提供實驗，測試藥物……」說到這裡，程衛平朝秦苒深深鞠躬，「我代研究院以及京城所有人感謝秦小姐。」

程家這邊沒事了，像滾雪球一般，外面又有人進來，正是徐搖光跟徐管家等人。

因為禁封令，徐家的貨物還沒有被運到美洲，徐管家急匆匆地趕進來，神情十分焦慮，看到站在樓梯上，跟以往似乎沒什麼不同的秦苒才鬆了一口氣。

「程少，你這裡缺人手嗎？徐家最近也沒什麼大事。」

「對，程少，有什麼事儘管開口！」徐家其他人都連忙開口。

什麼都算到，唯獨沒有算到這些的楊殊晏：「……」

程雋倒是淡然，他挑眉看著秦苒。

「還不去休息？」

秦苒看到樓下的一堆人，吵吵鬧鬧的令人頭疼，她按了下太陽穴，才道。

「好。」

她上樓，直到背影消失在所有人眼中。

程雋才斂起臉上的笑，手揹在身後，抬頭淡淡地看向楊殊晏，眸底沉寂了好幾天的戾氣跟血色猛然爆發。

「老大，馬修的電話。」一身側，程水恭敬地把自己的手機遞給程雋。

程雋接過，淡淡開口：「人在我這裡，你到哪裡了？……好。」

聽著他寥寥幾句話，一直勝券在握的楊殊晏臉色終於變了。

他抿唇看向程雋，「你是怎麼讓馬修過來的？不怕他把你的勢力吞了？」

程雋笑了笑，「我用彼岸莊園以及非洲百分之四十的行使權，還有亞洲的開放權跟馬修做了交易。」

「你……真是瘋了。」楊殊晏開口。

程雋列出來的條件，比得上地下聯盟百分之七十的價值了，他眸光明滅。

「盟主，我們走吧。」不遠處，楊殊晏的手下終於開口，「不要耗下去了，不值得。」

楊殊晏這種身分的人，就算真的要用地下聯盟來跟馬修做交易，也不會只為了一個秦苒，就像當初楊殊晏為了大局對秦苒動手一樣，起先楊殊晏跟程雋說的百分之五十也不過是口頭交易。

心腹說的這些，楊殊晏都很清楚。

楊殊晏收回目光，「走！」

程雋淡定開口，「楊殊晏，既然我今天讓你進來了，你覺得我有可能會讓你走嗎？」

別墅的院子裡，傳來直升機的轟鳴聲。

「楊家、明家……這麼多年，所有人都活在幾十年前隕石坑的陰影裡。」

程雋從口袋裡摸出一張紙。

很特別的一張紙。

他看向楊殊晏，「都是為了這個祕密不是嗎？」
楊殊晏盯著程雋手裡的紙，目光終於動了一下，喃喃開口：「她、她竟然給了你？」
「是吧，她沒有耐心應付這些。」程雋平靜地看著這張紙，從口袋裡拿出一個打火機，
「楊家當初是逼迫寧家人研究這些吧，寧邇先生確實研究出來了。」
寧邇被趕出京城，帶著研究院的一群人隱姓埋名，終於研究出了一些東西，但知道不該交給楊家。
楊家應該也聽到了風聲，勒令毒龍出手搶奪，後來又有潘明月家的事情，引發了一連串事故。
寧邇很聰明，把東西交給了陳淑蘭。
只為了以後秦苒要是被楊家人脅迫，能利用這個換取一線生機。
喀嚓——
幽藍的火升起。
彷彿知道程雋要幹嘛，楊殊晏往前走了一步。
「程雋！」
火舌已經吞噬了這張紙。
程雋鬆手，灰燼在他周圍飄散。
「為了這些，死了多少人，所有人都把她視作棋子，這些本不該出現在這個年代。」

他淡淡抬頭。門外，馬修也進來。

秦苒在房間裡，朝雲城的方向認認真真地磕了三個頭。

樓上——

＊

楊殊晏被馬修帶走，程木拿著小鏟子，看了顧西遲一眼。

「看什麼？」顧西遲瞥他。

程木小聲開口，「顧先生，百分之四十的使用權呢，您說的可真對。」

果然，色令智昏。

恐怕連楊殊晏也沒想到，程雋為了秦苒，真的能讓出自己的半壁江山。

顧西遲也回過神來，「嗯」了一聲，沒再說這件事，而是道：「帶我去學長的實驗室。」

京城的事情都解決了，但秦苒身上的病毒還在，城裡還有Y3病毒的風波。

好消息是，林爸爸的植物真的有克制病毒的奇效，程雋、顧西遲還有世界的各大醫學實驗室都在加班研究這些。

「顧哥——顧哥——您別動，這種小事我幫你。」江東葉把資料列印出來遞給顧西遲，才靠著桌邊詢問，「苒苒她沒事吧？」
實驗室一行人對此見怪不怪了。
「林叔。」顧西遲搖頭，他看了一陣子資料，才抬頭若有所思地看向林父，「您是怎麼培養出這些植物的？」
林父一愣，他撓撓頭，「不是我，是一位先生給我的東西。」
「你還記得他嗎？」顧西遲直接站起來。
「記得……」林爸爸頓了頓，然後開口，「是地下拍賣場的管理人員。」
「地下拍賣場……」
顧西遲點頭，把門外的程水找來。
程水放下手邊的事情，說：「顧先生，您找我？」
顧西遲把林父的話轉述了一下，讓程水一愣。
「您確定是地下拍賣場的負責人？」
「確定，我一直有跟地下拍賣場做交易。」林父正色開口。
程水「啊」了一聲，「帶你們去找老大吧。」
顧西遲看著程水的樣子，知道有哪裡不對勁，他擰著眉詢問，「是有什麼問題？」
「沒有問題。」程水搖頭，「顧先生、林先生，我帶你們去找老大吧，那地下拍賣場都是他的。」他淡淡地回。

「噗——」正在喝水的江東葉一口水噴出來，面無表情地轉頭看向程水。

程水瞥江東葉一眼，點點頭以示確認。

＊

樓上——

程水他們進來的時候，程雋正在看醫學組織剛剛傳過來的研究資料，秦苒坐在他身邊不遠處，戴著耳機帶林思然上至尊十九星。

「有結果了？」程雋放下手中的資料，看向顧西遲。

顧西遲點頭，「是有眉目了。林叔叔的忘憂是引進的東西，植物體能分泌一種物質，我問過他，只要能找到最初轉嫁的媒介跟方法，我們就能找到這種未知物質。」

聽著顧西遲的話，程雋頓住，腦子裡閃過許多想法，他一言不發地從抽屜裡拿出自己笨重的黑色手機。

「開啟植物頁面！」

這幾天，他表面裝作無事，實際上內心煎熬不已，關心則亂，都差點忘了自己還有這些。

笨重的黑色手機顫顫悠悠地亮起，在半空中投下四維投影。與此同時，植物頁面密密麻麻的文字出現。

程雋直接滑到他需要的那一段，看向顧西遲。

「是這些嗎？」

秦氏最近研究的四維引擎已經有成果了，秦漢秋還一人發了一支手機，顧西遲對此見怪不怪，他認真地看著這頁文字。

看完之後，緊張了這麼多天的情緒終於緩和下來。他蹲在地上把頭埋進膝蓋，聲音哽咽。

「我知道那是什麼物質了……」

顧西遲，醫學界病毒微分子鼻祖。

別墅以及實驗室這麼多年故作輕鬆的氛圍，終於爆發。

只有秦苒，她靠著椅背，若有所思地看著程雋手裡的手機，半晌，服氣地說：

「我終於找到你失散多年的兄弟了。」

對面房間，被悶在黑色包包裡的手機瘋狂閃爍。

第七章　盛世婚禮

美洲，特殊牢房——

楊殊晏跟幾個手下都被關在這裡，他坐在椅子上閉目養神，彷彿眼前所有一切都不會動搖他半分心神。

門外，馬修進來，手中拿著一本冊子。

「程雋用了大半的勢力跟你換取合作。」楊殊晏睜開眼睛，淡淡看向馬修。

馬修點點頭，不得不讚嘆，「他確實大手筆。」

楊殊晏的幾個手下都不由得看向馬修，心裡更加覺得可怕。

程雋那個人……果然是瘋了，難怪能打動馬修。

「我跟你做個交易，地下聯盟，美洲百分之五十。」楊殊晏慢慢地說。

「那倒不用。」馬修不太在意地揮手，「我只是為了逮捕你。」

楊殊晏的手下猛然抬頭，「馬修，貪心不足蛇吞象。」

馬修沒再理會他們，只看了看時間，「婚禮是不是要到了？」

「是。」他的左右手恭敬地低頭。

「那我要快點走了，這邊交給你。」馬修匆匆離開。

馬修走後，楊殊晏才愣愣地開口，「她的婚禮？」

「是啊。」馬修的左右手點頭，他們看了看上面發下來的文件，準備開啟機關。

「等等。」楊殊晏沒說話，他身側的手下連忙開口，「你們要多少才肯放了我們？」

「老大已經說過了，他只是為了逮捕你們。」馬修的左右手好聲好氣地說。

「放屁！」楊殊晏的手下冷笑，「他不是收了程雋的東西？」

聞言，馬修的左右手看了對方一眼，一言難盡地回答。

「雖然老大收了程先生的東西，但今天他又送回去了。」

聽到這一句，楊殊晏跟他的手下都愣住，下意識覺得不可能。

「秦小姐跟我們老大可是生死之交，老大怎麼會收程先生的東西。」說完，也不等楊殊晏等人反應，直接關了門。

門關上之後，之前勸阻楊殊晏的手下才恍惚地抬頭看向楊殊晏，驚駭地道：

「盟主，或、或許是我錯了……」

馬修，美洲的第四大勢力，幾乎與地下聯盟不相上下。

秦苒跟馬修是生死之交，這句話從馬修的心腹嘴裡說出來，絕對不是謊話。

他之前覺得，楊殊晏為了秦苒跟程雋爭，不值得。現在卻後悔了。

想到這裡，他慌忙看向楊殊晏。

楊殊晏不知道在想什麼，只是又閉上了眼睛。

第七章　盛世婚禮

＊

邊境重型監獄——

歐陽薇終於等到有人來探監，來人是之前明海的那個心腹，她拿著電話，直接開口。

「你是不是來帶我出去的？」

明海心腹看著她，緩緩地搖頭。

「抱歉。」

「怎麼會？」歐陽薇怒目而視，「我明明連絡到了巨鱷，還跟會長合作了！」

心腹憐憫地看著歐陽薇。

「你這什麼表情？」歐陽薇的心狠狠一跳。

「巨鱷並沒有跟會長合作，會長……會長也涉嫌刑事案件，被關了起來。」

歐陽薇抿唇，她冷笑，「這不可能！」

「今天是少主跟秦小姐的婚禮。」心腹搖頭。

歐陽薇的兩隻手緊緊握在一起，咬著牙，「秦苒她……可真是好運！」

「歐陽小姐。」心腹終於嘆息，「妳應該不知道吧。」

「什麼？」歐陽薇看向心腹。

明海心腹拿著手機，找出一張渣龍傳給他的圖。圖上是一二九核心內部孤狼的資料。

孤狼是誰，歐陽薇當然知道，一二九五大元老的核心人物。一二九能走到今天，跟她有莫大的關係，一二九每年有無數的會員都是衝著孤狼這個人來的，那是刑偵界所有人眼中的偶像。

歐陽薇自然也是。

儘管從沒有見過五大元老，但歐陽薇對這五大元老是認真的，尤其是裡面最出名的孤狼。

可她……

竟然在孤狼的資料上看到了秦苒的圖片！

歐陽薇猛地站起來，「這不可能，不可能……怎麼會是她？」

「巨鱷先生那邊也只是一個圈套，他是因為秦苒小姐才接了妳的連線……」心腹收起手機，他最後看了一眼歐陽薇落魄的模樣，搖搖頭離開了。

歐陽薇很快就被人帶下去。

她不傻，相反的，她很聰明，不然當初也沒辦法考進一二九。

在心腹說這些話的時候，她就已經想到了，之前想不通的一切也想通了。

難怪之前程溫如會被巨鱷接單；難怪她之前跟秦苒說起一二九的時候，對方半點也不意外；難怪她自己會忽然連絡到巨鱷；難怪巨鱷會突然跟明海合作……

又難怪……她到現在都沒有被巨鱷的人接出去……

原來秦苒就是孤狼。

歐陽薇不再思考心腹的話，她呆愣地走在漫長的通道裡，怨她因為自己是一二九的一員，在京城所有人的吹捧下變得飄飄然。

一二九元老——孤狼。

歐陽薇不由得低頭，已經能想像到，當她在秦苒面前吹噓這一切的時候，對方是怎麼看待自己的……

*

美洲，唐家——

「參加婚禮？」唐家大少爺搖頭，擰眉，「京城？我不去。」有這時間，他不如去馬斯家族的地盤。

唐輕也不想去，她擰眉，「爺爺，我不想去。」

唐均第一次拿出家主的氣勢，「必須給我去！」

秦苒的大好日子，唐均不希望有人缺席。

唐輕跟唐均都沒再說話。等唐均走後，兩人才面面相覷，唐大少爺更是擰眉。

「妳爺爺真是瘋了。」

不過就是華國京城的一場婚禮，秦家是什麼東西？

但是唐均開口，他們又不得不去。

「我們明天再去吧。」唐大少爺擰眉，勉強開口，「參加完婚禮就回來。」

唐輕擰眉，雖然不想去，但開口的是唐均，她不敢違抗，心不甘情不願地應著。

*

正是七月，來京城旅遊的人很多，今天卻因為這件事上了熱搜。幾條靠近古建築的大道都被封了，尤其古城附近更是密不透風。

『也沒聽說京城有什麼高峰會？』

『肯定是重要人物視察！』

『坐等大神出來揭祕！』

『機密來了，是有人今天結婚！請大家送我上熱門！』

這一則留言引起了所有人的注意。

『結婚？這麼大手筆？還能封路，我靠我靠，八卦之心來了！』

『線上坐等人現場直播！』

『……』

網路上討論得熱火朝天。

＊

秦家老宅，二樓房間——

魏子杭、南慧瑤、楊怡、林思然、潘明月……秦苒的朋友們都在。

「來了來了！我已經看到車了。」門外，秦管家興沖沖地上來，「小陵少爺、沐楠少爺，快把門關上！等一下你們姊夫說什麼都不能輕易讓他進來！」

秦陵跟沐楠還沒開口，林思然在門邊，拍拍胸口。

「秦管家，您放心，這一點我們還是知道的！」

秦苒的伴娘是潘明月跟林思然，至於南慧瑤跟言昔這行人，是秦苒的親友團。雙手環胸，靠在落地窗邊的魏子杭看了窗外一眼，不由得笑了一聲。

「秦管家究竟有多急啊？我連車隊都沒有看到。」

身側，喬聲也失笑，「恐怕是兩公里之外就看到了。」

林思然跟南慧瑤、潘明月這行人見還沒來，先檢查了門窗，又檢查了一遍難題。

南慧瑤拋了下手上的鞋子，側頭問房間內的人，「要藏在哪裡？」

「簡單。」

一直充當攝影師的何晨淡然地接過南慧瑤手上的鞋子，塞到秦苒的鳳裙下，並回頭環視了房間內的人一圈，抬著下巴。

「狠。」喬聲目瞪口呆，對何晨比了個讚。

大神的裙子，誰敢掀？

何晨風淡雲清地開口，「一般般。」

正說著，魏子杭站起來。

「車到了。」

「我看看……」

林思然走到窗邊，掀開淡色的窗簾，一眼就看到樓下望不到盡頭的車隊，她又立刻放下窗簾，然後悠悠地看了秦苒一眼。

何晨也對著樓下拍照，不由得笑出聲。

「他這是把京城所有的豪車都聚在一起了吧，難怪要封路，嘖，快點準備，他們快上來了。」

沒過幾分鐘，一門之外，已經有了聲響。

叩叩叩——不輕不重的三聲。

「想要進門，沒那麼簡單。」南慧瑤跟林思然一左一右，手上拿著題目表，她咳了一聲。

「先回答一百個問題，第一題，一二三四五六乘九九九是多少，給你一秒！」

別說門外的顧西遲、江東葉跟陸照影等人，就連門內的喬聲嘴角都抽了一下。

「這麼變態的題目，誰出的？」

一秒鐘，連手機計算機都來不及打開。

「是小陵。」沐楠在一旁回道。

喬聲：「……」

小陵是真正的小舅子。

他正想著，門外的程雋不急不緩地開口。

「一二三三三二五四四。」

喬聲：「……果然，一家都是ＢＵＧ。」

秦陵這些人出的題目只攔住程雋不到五分鐘。

南慧瑤收起紙，又咳了一聲，程雋一題都沒有答錯，一個紅包都沒拿進來。

「得有開門紅包，紅包呢？你們有沒有準備好？」

外面說了一聲，林思然將手放在耳邊。

「什麼？沒聽到。」

「我說。」陸照影大聲道，「底下的門縫太小，塞不進去！」

林思然警惕地道：「你們不會是想闖進來吧？」

陸照影：「……我們是這樣的人嗎？」

林思然覺得也對，秦苒還坐在床上，想必他們也沒這個膽。

她跟南慧瑤小心翼翼地把門打開，探出腦袋：「紅包呢？」

她一出現，顧西遲就塞了一把紅包給她，「不夠我們還有。」

砰！南慧瑤把門關上。

喬聲等人湊過來，「看看，看看，有多少。」

南慧瑤打開一個紅包，沒看到錢，她剛想說些什麼，秦陵就從一旁走過來，從紅包裡倒出一顆鑽石。

一分鐘後，南慧瑤跟林思然等人對著擺在床上的五十顆鑽石思考人生。

外面，陸照影繼續敲門：「紅包夠嗎？不夠還有！」

南慧瑤跟林思然一行人：「……」

拿人手短，南慧瑤開了門。

門外，程雋長身玉立，他的目光透過人群，喧囂中，只看到坐在床上的人影。

秦苒今天穿的是傳統的鳳冠霞帔，裙襬繡著精緻的鳳凰圖案，頭髮也盤起，兩邊垂著金色的墜子。

她也正微微抬頭，看向門外。

秦苒向來習慣簡單樸素，也鮮少化妝。今天穿了嫁衣，第一次打扮得如此華麗又莊重，

第七章　盛世婚禮

紅色繡花的衣襬幾乎鋪滿了床。

她坐在床中央，大概是等得太久了，喧囂中，她屈起一隻腳，手撐在腿上抵著頭，有些不耐煩地偏頭看向門口，陽光穿透淡色窗簾照下來的淺淺光線打在她臉上，越發顯得銳意沖天。

她容色一向盛極，此時更是冰肌玉骨，秀色掩古今。

不說其他人，今天第一眼看見她的南慧瑤、潘明月幾個人也被驚艷了許久。

「我終於知道為什麼老大愛美人不愛江山了。」程火小聲對幾人說。

門外，程雋一步一步走進來，南慧瑤讓他們找鞋子。

顧西遲、五行幾個人把整個房間都翻遍了。最後程水搖頭，制止了其他四個兄弟。

「別找了。」

「為什麼？」程木愣愣地抬頭。

程水手抵著唇，「你找不到的。」

「拿紅包拿紅包。」

程火是急性子，一出手就是二十個紅包，塞到好溝通的南慧瑤手裡。

又收了二十個鑽石的南慧瑤：「……」

她默默掀開秦苒的裙襬，從裡面拿出了秦苒的鞋子。

程木、顧西遲、陸照影等人：「……」

媽的。

「敢問一句，何方高手藏的鞋子？」程火拱手，徹底服氣。

何晨剛好錄完一段影片，淡然抬頭，「我。」

程火往後縮了一下：「……」一個能單手擒住毒龍的人，當他沒問。

程雋替秦苒穿好了鞋子，沐楠默不作聲地把秦苒揹下樓。

這一場婚禮，程家跟秦家都準備了許久，主場在程家隔壁一直空著的古城樓中。從秦家到大院，紅鸞鋪地，十里紅妝，百桌流水宴。

程家、秦家人都在接待客人，來的都是京城有頭有臉的人物，每個人手裡都拿著燙金的裱花請柬。

派來接待客人的都是兩家的重要人物，秦家是秦部長、秦管家、阿文這行人，程家是大堂主、施厲銘一行人。

「您好。」又一位客人前來，秦家人彎腰，禮貌地接過請柬。

他看了一眼，請柬上寫的名字有些熟悉，是女方客人。

「這是賀禮。」對方放下一個禮盒。

秦家人連忙推拒，「常先生，我們這次不收任何賀禮……」

然而，那人放下禮盒就進去了。

「怎麼了？」程家大堂主過來看了一眼。

一眼就看到上面的名字——常寧。

「大堂主？」秦部長看了大堂主一眼，「你沒事吧？」

「有事。」大堂主抹了一下臉。

秦部長愣住，「這位常寧先生有問題？」

「啊……」大堂主眼下已經不是一般的大堂主了，是經歷過美洲的大堂主，他搖頭，「就……秦部長你不知道常寧先生是一二九的那位嗎？」

秦部長：「……」

他們還沒回過神來，又有一位客人過來。

看到來人，大堂主直接愣住，最後是秦部長接待的，來人也帶了禮物。

「馬先生，請進。」等把馬先生送進場，秦部長才轉身看向大堂主，「大堂主，你……」

「馬修。」大堂主有些心累地開口，「人家名字是馬修，不是姓馬，他姓安德森。」

秦部長頓住，「大堂主，您……也認識他？」

大堂主跟二堂主面面相覷，在美洲把他們抓起來的大人物，他們能不認識嗎？

美洲馬修？

秦部長跟阿文等人面面相覷，他們確實沒聽過，但又怕說出來程家會覺得他們沒見過世面，一個個都不敢開口，只能憋在心裡。

又來了一個客人，秦部長不認識，不由得戳了下大堂主。

「大堂主，你去接待。」

大堂主：「……」我也不認識。

就在兩人要說話的時候，程水從裡面出來，有禮貌地彎腰。

「馬斯先生，請跟我進去。」

程水側身，讓身邊的程木帶馬斯先生進去。

一行人進去後，大堂主坐到了地上。

秦部長看向他，「沒事吧？」

大堂主還有客人要接待，他扶著桌子站起來，腿有些軟，只看向秦部長，覺得不能只自己震驚，他淡淡地開口。

「你知道美洲有一個馬斯家族嗎？剛剛那就是馬斯族長。」

秦部長：「……」

他不知道，但他知道跟美洲相關的都厲害得不行。

他要跪了。

至於後面的樓月、肯尼斯……一堆非洲、邊境的古怪人物，秦部長跟大堂主已經面部僵硬了。

＊

婚禮場地內，唐輕跟唐大少爺這一行人已經到了，他們踩在最後一分一秒抵達，不像唐均提前好幾天到了。

紅毯旁擺著兩排桌席。大堂主迎客，程金跟程管家安排客人。

「唐先生、唐小姐，你們的座位在這裡。」

程金禮貌地把唐輕兩人帶到次二席上，本來要走去主席的唐大少爺面色僵硬了一下，面色漆黑地坐在次二席上，前面還有主座席跟次席兩桌。

「我們竟然坐在這裡？這秦家……」唐大少爺冷笑一聲。

坐在身側的唐家負責人也擰眉，有些驚訝。

「這秦家果然不會做人，竟然把您的座位安排在這裡，不知道他們的主座席跟次席都安排了什麼人。」

「能有什麼人？」唐家大少爺不在意，喝了一杯酒，「我倒要看看，前面兩桌坐的是誰。」

今天他本來就不想來這裡，誰知道還被安排在這種地方，更是一肚子被怠慢的怒氣。

倒是唐輕，並不在意這場婚禮，只低頭看著手機，上面是密密麻麻的代碼。

沒多久，隔壁坐了一個人。

唐家大少爺看了一眼，不認識。只聽到服務生叫他「常先生」，唐家大少爺繼續冷笑。

「馬先生，您的座位在這邊。」

沒多久，隔壁空著的次席桌又有人來了。

唐家大少爺把酒杯放下，他不太在意地再次偏頭朝隔壁的次席桌看了一眼，是一個外國人，正在跟剛剛落座的常先生說話，穿著一身正裝，看起來十分嚴肅，臉上的鬍子刮得很乾淨。

有點眼熟。

唐家大少爺不在意地看了一眼，剛要收回目光時，忽然整個人頓住。

他連忙拿出手機，登入美洲的官網。

現在所有人用的都是雲光財團的搜索引擎，全球通用，唐家大少爺熟門熟路地進入國際大廈內部網站。

他的網路技術沒有唐輕高超，但是比一般人厲害，很快就找到了國際刑警馬修刮了鬍子的近照。

唐家大少爺對比著照片，僵硬地看向那外國人……

表情呆滯，他還沒反應過來，又有人帶著一位客人走向次席。

「馬先生，您坐這邊。」

又是馬先生？

馬修都出現了，唐家大少爺僵硬地轉頭，看向另一位馬先生，正好看到馬斯家族族長的臉。

他一個不穩，從椅子上滑落。這聲動靜太大，身邊的唐輕被嚇到了。

「爸？」

「小、小輕……」唐家大少爺愣愣地開口，「我那個姪女究竟是什麼人？」

「你說什麼？」唐輕皺眉。

唐家大少爺張了張嘴，「妳看隔壁次、次席桌……」

唐輕看過去，剛好看到正在招待的程水，還有馬斯家族族長的臉龐。

唐家的三個人瞬間陷入沉默。

十點五十八分，婚禮正式開始。

新郎新娘露面。

唐輕心裡已經有預感了，此時還是忍不住抬頭，看向紅毯盡頭的方向。

一對新人慢慢走過來，正是兩張她極其熟悉的臉。

啪——

唐輕的手機掉在地上。

「竟、竟然是她……」

＊

「小程，我今天就把苒苒交給你了。」秦漢秋把秦苒的手放到程雋手中，他看著眉眼明豔的秦苒，聲音有些哽咽，「你們經歷了這麼多，希望從今天起，你們同心同德，同甘共苦，互敬互愛。」

充當司儀的秦修塵拿著麥克風，鄭重開口：「以後的日子還很長，也願你們永結百年之好，長鼓瑟瑟和諧。」

空中洋洋灑灑地落下紅色玫瑰花瓣，大概是站太久了，秦苒頭頂的髮簪上落了一片花瓣。

程雋抬手，輕輕掃落那片花瓣，他握緊秦苒的手。

「謝謝爸。」

「好，好。」秦漢秋抹了抹眼睛，看著這一對新人。

一個蓮華容姿，一個如崖三寸雪。

能配上他們的，也只有對方了。

*

別墅——

陸照影、顧西遲這一行人討論著鬧洞房。

但……奈何今天儀式的流程太多，新娘有些不耐煩，沒人敢上去。

「你先去。」陸照影看向顧西遲，「你跟秦小苒是生死之交。」

「我不。」顧西遲拿了顆蘋果，「我學長會打死我。」

他看了眼秦陵，「小陵，要不……你先上去打頭陣？」

小舅子，還是秦苒的親弟弟，其他人也跟著慫恿。

秦陵看了幾個人一眼，直接離開。

「弟弟！」陸照影招手。

秦陵雙手堵住耳朵，不聽就是不聽。

不敢說，他惹他姊姊沒事，要是惹到了姊夫……

秦陵想想自己被秦苒虐的辛酸史，不想說話。

樓上——

秦苒戴了一整天的頭飾，耐心早就耗光了，她一進房間就踢上門，一邊拔下頭上的釵子，但頭髮是專業老喜婆梳的，綁得很緊，一整天都沒有鬆開的跡象。

秦苒越發覺得不太耐煩，程雋跟在她身後看了一下，才輕聲笑著上前。

「我幫妳。」

他伸手，不急不緩地把她頭頂的頭飾全都拆下來，黑色的頭髮如瀑一般鋪在腦後，映襯得脖頸跟側臉一片雪色。

她睫毛低垂著，正努力解開嫁衣上的各種帶子。

突然間手被抓住，秦苒抬頭，程雋不緊不慢、慢條斯理地幫她把外面的帶子解開，低下頭。

「還沒洗……洗……」

此時秦苒的心跳也有點不受控制，指尖發麻，聲音輕喘著。

「不洗了。」

「燈……」

程雋隨手從床頭抓起手機扔出去。

燈滅。

＊

翌日，等了一天的八卦，終於有人冒死在微博上傳了一段很短的影片。

『秦影帝主持？言昔駐唱？我靠這是哪個大人物女兒的婚禮？』

『百輛豪車，百桌宴席，哪個霸總的小嬌妻？』

有人上傳了新娘的模糊側臉。

『啊啊啊啊我死了我可以我哭了！』

『啊啊啊終於知道古代皇帝後宮佳麗三千是什麼樣了！我不要三千我只要一個！』

『這個放在古代皇宮絕對是最受寵的貴妃啊啊啊！』

『長話短說，樓主只是個普通人，今天就是跟著家人去參加婚宴的（圖片）這是次三席上坐著的人，大家看看（圖片：鑽石一顆）這是給每個賓客的回禮……』

不久後，有人找出這個普通樓主的身分——京大學生會會長，京城金字塔第一階家族的小少爺。

諸位網友：「……」

山有木兮卿有意，舉目見你，處處是你。

——全文完

番外　被各路高手惦記的孩子

別墅——

上午，程木拿著那把絕世好鏟站在門外的花圃前，手負在身後看著自己的江山。

程雋在別墅裡幫他劃出一塊地，專門給他做實驗。

傭人帶著程溫如進來的時候，看到的就是程木這高深莫測的樣子。

「他……這是在幹嘛？」程溫如頓了下。

傭人恭敬地彎腰：「程木先生在觀察物象。」

程溫如：「……？」

什麼？

「程木先生說我不懂。」傭人再度低頭。

程溫如：「……」

程溫如走進大廳，傭人適時替她端上一杯熱茶。

「程金他們人呢？」程溫如朝四周看了一眼，並沒有看到程金等人。

「程金先生他們還在接待客人。」

聽到傭人這麼說，程溫如不敢繼續問他們是去接待什麼客人。一瞬間想起昨天婚宴過後，坐在程家大門口懷疑人生的大堂主跟二堂主等人。

從上次去過美洲之後，她就覺得程雋跟程金那些人不簡單。

「我三弟跟苒苒他們還沒起來？」

程溫如接過茶，朝樓上看了一眼。

傭人微微頷首，不多言。

程溫如往沙發上一靠，挑眉。程雋這個人特別自律，每天早上雷打不動地六點起床跑步，曾經讓程溫如覺得他是機器。

人形機器也有這天。

樓上——

房間內一片昏暗，只有幾縷光線從縫隙照進來。

京城幾大勢力跟家族更新換代，秦苒最近也很忙，物理研究院的B計畫跟方震博都要她去管，還有陸知行在秦氏幽怨地等著她。

她是抽空出來結婚的。

新婚第二天，六點時她就迷迷糊糊地醒了。

還沒起身，就驚動了身邊的人。房間裡沒開燈，昏暗漆黑一片，身邊的人似乎也醒了，從背後將人摟得更緊。

「醒了……」

「唔……」秦苒下意識開口，「研究院……」

身邊的人慢條斯理地把被子拉上，似乎輕笑了一聲：「請假不過分吧。」

等起來時，已經是十一點了。

秦苒把外套裹緊，慢吞吞地跟在程雋後面下樓，就看到坐在樓下沙發上已經喝了兩杯茶的程溫如。

十一點，其實、大概……也不算晚吧？

秦苒咬著唇，認真地思索。

程溫如已經喝了三杯茶、嗑了半碟瓜子、上了兩次洗手間，正在拿手機滑微博，網路上對於昨天那場盛大又神祕的婚宴的討論度還在不斷上升。

看到兩人下樓，她本來想調侃程雋一番，不過看到秦苒就在他身後，程溫如只好克制住自己。

她靠著沙發仔細端詳秦苒，又低頭看看微博頁面上的一則熱門留言。

『禍國妖妃本妃。』

她正想著，手機響了一聲，是大堂主的電話。

大廳內都是自己人，程溫如也沒避開，直接接起。

「怎麼了？」

『大小姐，三少的朋友說京城人傑地靈，要在京城買房，常駐京城大廈……』大堂主的聲音聽起來快要哭了。

程溫如：「……誰？」

『好像是非洲的人……』具體是誰，大堂主也沒搞清楚。

程溫如不禁按著額頭，為了不頂撞到這些人，昨天程水特地帶程溫如一個一個去認人，有些還說得語焉不詳。

但是看到那些人不僅跟巨鱷同臺，還稱兄道弟的，程溫如就知道不簡單。

平時光巨鱷一個就夠他們頭疼的了，好在巨鱷暫時對京城沒有什麼想法。

這下倒好，還要駐紮在京城？

程溫如心裡彷彿有一萬頭草泥馬，萬馬齊飛，她心累地說：

「你看著辦吧。」

反正有程雋跟秦苒在，應該不會有人亂來吧。

程雋跟秦苒的那些朋友足足有十幾個。

程溫如掛斷手機，朝程雋看過去。

「三弟，你跟苒苒……那些朋友們什麼時候走啊？」

「不知道，我休假，程水在管理。」

程雋的手機一直在震，陸照影、江東葉那群損友一直傳訊息給他。程雋抬眸看了程溫如一眼，理直氣壯地回答。

這個假休得厲害，休得驚天地泣鬼神。

程溫如拿著手機，覺得程木說的對，她三弟最近幾天可能腦子真的不太好，她覺得這種事還是跟程水商量比較妥當。

秦苒也在看手機，除了高中、大學同學的祝福語，還看到了常寧催單子的訊息。

秦苒隨意地回了句「休假」就關了手機，吃完最後一口飯。

程雋放下手機，抬眸看她，「還要去研究院？」

「嗯。」秦苒慢悠悠地喝茶，略微思索，「今天幾大院開會，我不放心。」

研究院現在權勢更迭，秦苒手握方印，把研究院從頭到尾整頓了一遍，換掉不少人。實驗室沒去就算了，但今年第一場大會不去不太放心。

程雋分得清事情輕重，他上樓把列印好的文件拿下來，遞給秦苒。

「你整理好了？」秦苒喝完茶，一手接過來，隨意地看了眼，挺意外的。

程雋經常幫她整理東西，無論是研究實驗上的資料，還是秦氏公司的大問題，只是這兩天她都沒看到他整理這份文件。

「抽空看的。」程雋去櫃子旁拿了車鑰匙，「我送妳去。」

兩個人跟程溫如打了一聲招呼就去物理研究院。

程溫如看著兩個人，有些嘆為觀止。

＊

物理研究院——

秦苒結婚，實際上已經請了三天假。

邢開頭疼地看著手下的資料，他本來主要是負責在實驗室那邊幫忙葉學長並跟著學習的，秦苒以前就算不在研究院，也會幫忙遠端處理。

她智商高，尤其在數理方面連廖院士都甘拜下風，認為她是老天爺賞飯吃。

雖然邢開等人私底下吐槽說音樂系的院士也這麼說過秦苒，但不敢當著廖院士的面說。

這幾天秦苒請假，邢開跟南慧瑤等人就忙了起來，秦苒的工作確實不好做，好在有五位老教授跟宋律庭幫忙。

「你們繼續看。」廖院士看了看時間，大會時間已經到了，他放下手機，「我先去開會。」

今天是四大研究院一年一度的全體會議，不僅是關於這一年資源分配的問題，也有關貢獻制度的重新規畫。

參加大會的人很多，每個研究院都有中高層的主要代表。

看到廖院士，坐在物理院代表團的江院長站起來打招呼。

物理研究院如今人才緊缺，秦苒直接提拔了江院長，同時為了均衡勢力，也提拔了隔壁A大的物理系院長。

研究院大部分的人都是認可秦苒的，雖然也有少數人不服，但這些人並不是方震博一黨，秦苒就不怎麼管。

秦苒姍姍來遲，不僅姍姍來遲，還帶了個小尾巴程雋，來了之後也不聽今年的資源分配，看起來還有些昏昏欲睡。

程雋在醫學院那邊也是出了名的，臺上還在誇獎他跟顧西遲等人研究出了對抗Y3病毒的藥物。

程雋懶洋洋地聽著，並不在意，只低頭幫秦苒修改文稿的錯誤。

這一場會開了兩個小時，開完之後秦苒才站起來。

「回家？」程雋收起文稿，問她。

秦苒想了想，搖頭，低聲開口：「廖院士說南慧瑤他們現在有點麻煩，我去看看。」

「好吧。」程雋不太在意，反正都只是陪著。

兩人走後。

「廖院士，你們看看她，有她這樣的人嗎？整個研究院都在憂心B計畫，我覺得讓她當繼承人還有待考量……」老派研究員不滿地開口。

此話一出，大部分的人都沒說話。

老派研究員還想說什麼，身後一個老人急急忙忙開口。

「謝老先生，您是認真的？你們不要秦小姐了嗎？那剛好，前陣子我們電腦研究院還在想為什麼秦小姐不進本家研究院，真是太好了，謝謝你們……」

「沒，怎麼可能，您聽錯了。」江院長剛剛看到電腦研究院的人的時候，太陽穴就狠狠一跳。

他在京大當校長的時候就歷經了數學系來搶秦苒的事，之後連軍訓都不得安寧，還要艱難地面對程家搶人的狀況，現在的江院長已經拒絕得輕車熟路了。

「是嗎……？」電腦系的人略顯猶疑。

江院長一本正經地點頭。

「好吧。」電腦系的人終於收回目光，一臉遺憾。

等敵對的人走後，江院長才側身看向老研究員，有點心累地嘆氣。

「她要是真的離開了，我們研究院都找不到地方哭。」

老研究員皺眉，他轉頭看向廖院士，「他們那是什麼意思……」

在他潛意識裡，覺得秦苒年紀輕輕就坐上這個位子算是很驚人了，不會覺得她會輕易離開物理系。

「她的事在網路上也不是什麼祕密，苒苒是秦氏集團的首席工程師，電腦研究院把她當寶貝供著。」廖院士看了對方一眼，「前兩天我還接到了京大音樂系主任的電話，他嘮叨了我五分鐘，當然，你如果真的對她不服，兩天前美洲物理研究院還希望秦苒去美洲。」

所有人都知道，京大音樂系主任是個出了名的音樂狂。

音樂界的人對秦苒就是江山邑的名聲如雷貫耳，京大音樂系主任覺得她就是天生走藝術這條路的。

兩耳不聞窗外事的老研究員聽完：「……」

他沒跟秦苒合作過，雖然聽過秦苒的各項事蹟，但他總覺得這些事蹟裡有誇張的成分。

自此之後，研究院的人都知道秦苒是各方都想要的人才，外面無數人馬都在覬覦他們物理研究院的大寶貝。那些老派研究員沉默了，不再多說什麼。

本來因為徐家的問題，研究員內憂外患不少，畢竟秦苒名頭上的功勳確實鎮不住一些老傢伙。

但現在已經水到渠成。

*

實驗室——

程雋半靠著牆翻閱文獻，偶爾抬頭看一眼秦苒，秦苒今天也懶得去休息室換防輻射外套，正站在南慧瑤等人身邊指導實驗。

程雋看了一眼，收回目光，繼續翻文獻。

這本文獻上部秦苒之前帶給他看過，現在再看下部，程雋又發現了很多細節。

元曆七十六年，研究院一室核反應失敗，零死三傷……

當初寧邇原本要去美洲研究院，最終卻因為實驗室失誤所造成的爆炸案被驅逐出京城，方震博的嗓子就是在那場爆炸案中受傷的。

當年的事情無跡可尋，但爆炸這種手法……程雋的指尖點著書頁，很明顯是楊家的手段。

寧邇在物理實驗室地下三樓留下了一個反應堆原理，應該就是從那時候，他窺破了抑制反應堆能量的金屬，只是這個實驗一直沒有成功。

楊家手段毒辣，寧邇應該也知道把這些交給楊家會造成什麼後果。

隕石坑文明超越這個世界一百多年，楊家不會想到寧邇早就窺破原子層。

程雋正想著，秦苒已經回來了。

她捏了捏手腕，把手裡一份新的報告遞給程雋。

程雋隨手把手裡的書籍放回架子上，並接過報告。

「累了？」

「還行。」秦苒隨意地回。

程雋一手拿著報告，也沒翻開，一手攬著她，若有所思地說：

「秦管家他們喜歡什麼？」

「秦管家？」秦苒伸手去按電梯。聞言，她頓了下，才思索著開口，「不太清楚，上網？」

自從她跟秦修塵上了節目之後，秦管家就喜歡戴著老花鏡上網，還成為了她粉絲後援會的粉絲。這些都是秦陵告訴她的。

程雋若有所思地說，「妳叔叔呢？」

他說的當然是秦修塵。

程雋跟秦修塵、秦管家向來不常交流，整個秦家只有秦漢秋、秦陵跟他比較熟。

「演戲。」電梯到了，兩人走進去，秦苒漫不經心地回了一句，才偏頭看他，「你問這些幹嘛？」

「夫人。」程雋瞥了她一眼，慢悠悠地回，「妳是不是忘了後天要回秦家？」

秦苒擰眉，結個婚這麼麻煩？

＊

兩天後，秦家——

唐均這兩天一直待在秦家沒走，他要離開也是跟秦陵一起。

「漢秋呢？」

唐均跟秦修塵等人坐在大廳內，時不時看向門外，等著秦苒跟程雋。唐均四處觀望一番，卻沒看到秦漢秋。

秦管家站在秦修塵身側，滿臉複雜。

「……二爺他去買菜了。」

早上五點，秦漢秋就起床，讓傭人開車出去了。據他所說，是要親自去菜市場買最新鮮的食材回來。

廚師跟食材秦家都有，秦管家實際上是不贊同秦漢秋出去買菜的。

「買菜？」

唐均身側的老李愣住。

老李跟著唐均這麼多年，在三天前的婚宴上，他是第一次直面那麼多大人物，不說其他，光是馬修一個就夠令老李腿軟了。

比知道秦苒是雲光財團內部人員的時候更加震驚。這兩天剛回過神來，也大概清楚了秦家在京城的地位。

現在聽到秦家現任當家的秦漢秋去買菜，老李確實覺得很神奇。

「二哥他一直有這個愛好。」秦修塵無奈地笑，他看向秦管家，「管家，等二哥回來，你也別念他，他現在都不說要去搬磚了，你再剝奪他這個愛好，就不仁義了。」

秦管家勉強點頭，「也有道理。」

一行人正說著，秦漢秋回來了。

他不是一個人回來的，身邊還有另外一個高大的人影，是個外國人，看起來跟秦漢秋差不多大。

「肯兄弟你先坐，對了，你有沒有什麼忌口的？」秦漢秋一邊招呼一邊讓人進來。

他先讓人把食材拿到廚房，又讓人拿了條圍裙過來。

秦修塵、唐均等人都沒想到秦漢秋出去一趟，還帶了個朋友過來。

「二哥，這位……」

「修塵，這是婚宴上小程的朋友小肯。」秦漢秋笑著跟秦修塵、唐均幾人介紹，「我剛剛去買菜正好看到了他，他也想要在京城定居買房呢，我就邀請他來我們家吃飯。」

秦漢秋說著，這位肯兄弟抬起頭。

婚宴上人多，唐均跟秦修塵等人都在主座席上，後面敬酒是秦漢秋、程雋、程溫如等人一個個去敬的，唐均沒有一起去。百桌宴席，他不可能每個人都認識，跟老李一樣，他的目光主要在馬修、巨鱷那幾個人身上，然後就是程雋跟秦苒。

這位肯兄弟當時坐的可能不是非常前面，唐均的注意力都放在程雋跟秦苒身上，沒看到。

對於秦漢秋口中的這位肯兄弟，唐均覺得他長得有點眼熟，但又不知道在哪裡看過。

「小肯，你先喝茶，小程跟苒苒他們馬上就到了。」問了肯兄弟的喜好，秦漢秋就興沖沖地去廚房了。

雖然沒想到秦漢秋會半路帶個肯兄弟回來，但秦修塵跟秦管家都十分有禮貌地打招呼。

「肯先生，我是苒苒的六叔，秦修塵。」秦修塵替肯兄弟介紹了大廳裡面的幾個人，「剛剛聽我二哥說，你想在京城定居？」

「是啊。」肯先生說著不太流利的中文，「京城地靈人傑，適合居住。」

「肯先生您喜歡我們京城就好。」秦管家端一杯茶來給肯先生，笑容滿面，「您若是不嫌棄，我可以帶您逛逛京城，幫您挑一個好位址。」

秦管家覺得秦苒跟程雋這兩人短期內是不會理會這位可憐的肯先生的。

「既然如此，先謝過秦管家了。」肯先生眼前一亮。

兩人正說著，唐均身側的老李看著肯先生，他跟唐均相互對視一眼，最後還是唐均開口問。

「肯先生，請問您本名……」

「肯尼斯。」

小肯正眉飛色舞地跟秦管家說自己的需求，聽唐均問起，他就隨意地說了一句。

老李腳底一滑，茫然地看向唐均。

您姪子一家都是一群什麼詭異的品種，叫人家非洲黑手黨老大……小、小肯？

門外，程雋跟秦苒攜了一車禮物回來。

傭人前來彙報的時候，秦修塵跟秦陵一行人立刻出門迎接了。

秦漢秋暫時在廚房，沒一起出來。

程雋跟著秦苒恭恭敬敬地叫了聲秦修塵叔叔，兩人才一起進去。

進到屋內看到肯尼斯，程雋不由得頓了一下，立刻想起幾天前程溫如跟他說的事。

「你怎麼在這裡？」

「秦叔叔找我來吃飯。」肯尼斯看到程雋跟秦苒就沒那麼隨意了，反而說起了基地的問題，「剛剛秦管家介紹了幾個地址給我……」

秦苒看到他們就覺得頭疼，直接讓程雋去應付。她進去看秦漢秋做飯，但又被秦漢秋趕出廚房。

秦修塵跟秦陵基本上都在她身邊。

「林家。」秦修塵站在秦苒身邊，想了想，還是詢問，「妳母親那邊……妳有什麼想法嗎？」

對於寧晴，秦修塵一開始的印象就不好。之前在雲城，寧晴單方面跟秦苒、秦漢秋解除關係。

後來在京城，秦苒幾番陷入困境，寧晴的舉動秦修塵也看在眼裡。

秦陵那次受傷，跟秦語沒有直接的關係。秦苒把秦釗送進了監獄，至於秦語，從頭到尾都站在秦四爺那邊，連對秦語抱有希望的秦漢秋最後也寒了心。

現在秦苒結婚了，也沒有任何人通知寧晴跟林家人。

「沒想法。」秦苒靠著門框，淡淡開口。

秦修塵瞥了秦苒一眼，點點頭，「對了，言昔接綜藝了，一檔國民知名度非常高的綜藝節目。妳去跟他說一下，不用刻意接綜藝，在我的工作室安心寫歌就好。」

「沒關係。」秦苒雙手環胸，她今天穿了一件長版T恤，看上去挺隨意的，「讓他接，他不接的話心裡會難受。」

秦修塵其實不太明白，以言昔的名氣跟財力，就算脫離星娛，也完全有能力自己開個人工作室，沒必要簽在他的名下替他賺錢。

聽秦苒這麼說，秦修塵就知道這兩人之間肯定有什麼糾葛。

思來想去，也沒多問，他旗下工作室百分之十的股份已經當作嫁妝送給秦苒了。

秦修塵的工作室也簽了幾個有潛力的演員，一年過去，工作室也賺了不少。

「小姪女。」等秦修塵差不多問完了，他的經紀人才神祕兮兮地走過來，「妳一億個粉絲都希望妳再入鏡，言昔這次接的是直播節目，妳會不會露面？」

「不了。」秦苒搖頭。

「好吧。」經紀人剛提起的精神又瞬間委靡下去。

吃飯的時候，秦漢秋拉著程雋跟小肯喝酒，三個人挺會喝的，喝了兩三個小時。

今天回來，秦苒跟程雋不能在秦家留宿。傍晚，秦家一行人依依不捨地站在大門口送秦苒出門。

「我過兩天就要帶小陵回非洲了。」唐均眼下已經淡定了，畢竟肯尼斯是程雋的朋友，他看著秦苒，「妳什麼時候跟……」

說到這裡，唐均頓了下，他看著程雋，也是一臉複雜。他跟程雋本來是忘年之交，誰知道他的姪孫女這麼厲害，搞定了程雋，他還成了程雋舅公。

唐均回過神來，笑：「跟小程也去我們那裡看看。」

「好。」秦苒點頭。

程雋帶秦苒一起回去。

身後，老李跟唐均對話的語氣中略帶可惜。

「表小姐在秦家當顧問，要不然也可以跟黑鷹爭一下駭客聯盟的掌管權。」

「她就算過來，也不一定能成功……隨緣吧。」唐均倒沒那麼執著。

＊

秦苒跟程雋並沒有回去別墅，而是去了程家。

程家一眾長老跟堂主正嚴肅地開著大會。

「大小姐，您什麼時候要跟三少他們說？」大堂主苦不堪言。

程溫如微頓，「還沒商量好嗎？」

「肯尼斯跟巨鱷那些人，尤其是其中兩個恐怖組織的首領都要在京城定居。」二堂主也憂心，「妳知道他們要是在京城定居，我們京城真的會成為亂區。」

一個肯尼斯就夠了，現在又多一個巨鱷。

京城裡不長眼的人一直都很多，要是有人不小心得罪了這兩人，那兩個也不是什麼善類，一動起手怕會擾亂半邊天。

最近程家堂主這些人忙前忙後，就怕哪天早上醒來會聽到什麼不好的消息，簡直苦不堪言。

程溫如確實沒想到事情已經嚴重到這種地步了。

她還想說什麼，外面，傭人興奮地開口。

「三少爺回來了！」

程溫如一愣，連忙站起來，「三弟？他們今天不是回秦家嗎？」

雖然這麼說著，程溫如的腳步也加快，跟大堂主一行人連忙趕到大廳。

大廳內，秦苒跟程雋已經先拜過了程老爺。

秦苒正抿唇，把香插好。程雋先拜完了，站在一旁等她。

「你們今天怎麼回來了？」程溫如有些驚喜，「去整理一下三少的院子，晚餐吃了嗎？」

程溫如覺得這兩人從秦家回來，應該不至於沒吃晚餐。

「吃了，我們回來，主要是跟你們說肯尼斯那件事，我已經交給程土了。」程雋放下茶杯，想了想後說。

聞言，程溫如看程雋一眼，點頭：「我們剛剛也在討論你的那些朋友什麼時候走，你能自己處理更好，大堂主也不用頭痛了。今天晚上在家裡住吧？」

既然程雋接手了，程溫如就不管那兩人的事情了，只問程雋跟秦苒。

程雋無所謂，他看了秦苒一眼，見秦苒沒意見，便點頭。

從爆出程雋不是程家人以來，這是程雋跟秦苒第一次住在程家。

程溫如喜出望外，程雋的院子還幫他保留著，這段時間程溫如也一直有吩咐人打掃。

「苒苒，妳上次住的房間也還在，爸後來還特地重新裝飾了一下，妳要不要去看看？」

程溫如握著秦苒的手，有些感慨，若是老爺還在……

秦苒進去看房間，程雋沒跟著，只是一隻手插著口袋，瞥向程溫如。

「不是，妳這……」

「怎麼了？」程溫如不明所以。

「她當然跟我一起住，妳帶她看什麼房間？」程雋不緊不慢地開口。

程溫如：「……」

程雋什麼時候學會了不要臉？

*

兩個月後，京城局勢動盪。

林家跟沈家沒能生存下來，好在林錦軒能獨當一面。

秦苒結婚的消息沒有通知林家人，也沒有在網路上公布。

網友爆料的各種婚禮影片跟圖片，尤其是秦苒那張被人拿去膜拜的模糊側臉，一夕之間就在網路上消失得無影無蹤。

「小妹，妳的腿好了？」

寧晴後來才知道寧薇來到京城了。

沐楠在學校附近租了間房子，兩室一廳，六十八坪，對寧晴來說挺小的。

寧薇一如既往的沉默，她把廚房的火關掉。

「對。」

「那就好。」面對寧薇，寧晴也不想多說，半晌才開口，「沐楠他爸爸……」
「沐楠爸爸在醫院。」寧薇的語氣聽不出喜怒。
寧晴看了眼六十八坪的房子，擰著眉說：「算了，我不跟妳說這個，妳知道苒苒她現在在哪裡嗎？我聽說……她結婚了。」
「不知道。」寧薇拿抹布擦著桌子。
寧晴看著寧薇，一句話鯁在喉頭，過了半晌，還是沒說什麼，直接離開。
「我也管不了妳什麼了。」
寧晴走後，寧薇放下抹布，站在窗邊，一直沒有說話。

與此同時，附中——
沐楠一身冷冽，穿著白色校服從人群中走出來，鶴立雞群。進入附中就霸榜的高三生外加校草，學校裡幾乎每個人都認識他。
他的目光在人群裡找了找，沒多久就看到了靠在樹邊，看起來有些不耐煩的女人。
沐楠眼前一亮，連忙抬腳朝那邊走過去。
「老師晚下課了。」
看到人，秦苒把鴨舌帽往下壓，站直身體。
「沒事，走吧，宋大哥他們在等了。」

她勾了勾手指，沐楠連忙跟上。

兩人剛走兩步，就被幾個黑衣人攔住。黑衣人背後的是一個老人，老人的目光輕飄飄地略過秦苒，最後落在沐楠身上，目光打量過他才淡然地道：

「你是沐楠？」

六月初，下午五點多，光線有點強。

秦苒不由得把帽子往下壓，瞥向沐楠。

「沒事，姊。」沐楠淡淡地收回目光，神色疏離又清冷，臉上沒什麼表情，視線繼續落在秦苒身上，「我們走吧。」

這邊人潮多，程木的車停在隔壁街口，兩人直接走過去。

他們走後，幾個黑衣人面面相覷，看向老人。

「管家……這……」

老人看著兩個人的背影，略微沉吟，「跟上去，如實稟告大少爺。」

兩個黑衣人連忙跟上去，老人也轉身上車，他剛上去，跟著沐楠的黑衣人又回來了。

聽到原因，老人一頓，抬起頭。

「這也能跟丟？」

黑衣人羞愧地低頭，同時，也感到奇怪。

這位沐楠少爺……怎麼跟那位沐盈小姐不太一樣……

＊

程木將車開上大道，他看了眼後照鏡，「沐楠少爺，剛剛那是什麼人？」

「不是什麼重要的人。」沐楠低頭看著手機上的題本。

程木聞言，也就沒再多問，跟秦苒說話，「我先送你們去咖啡館，然後我要去林叔叔家，雋爺等一下會來接妳。」

「好。」秦苒靠著車窗，神色有些慵懶。

再過兩天沐楠就要高考了，高考對沐楠來說不是什麼問題，他早就保送京大了，去年物理競賽就拿了一面世界金牌，這種殊榮每年也只有一個。上一次拿到大滿貫的還是宋律庭。

因為都認識，廖院士到現在還沒有徒弟，聽宋律庭說了沐楠的事情後，就看中了秦苒的小表弟。

至於秦苒……廖院士沒那個膽子跟信心收。

這次飯局，也是廖院士跟秦苒提議的。

去年因為幾大研究院大換血，京大跟A大又聯合鬧事，想要吸取更多人才，今年的全國考題，尤其是物理，比去年更難。

業內知道沐楠的人不多，但這次高考後，沐楠的風頭跟去年的秦苒一樣盛大。

廖院士想了想，還是決定在高考前確定好沐楠的事。

參加飯局的人不少，一直忙於實驗的葉學長跟南慧瑤等人都在。

「以後都是同一個實驗室的。」邢開隨意又熟絡地跟沐楠打招呼，「表弟，快來，坐。」

位子都事先安排好了，秦苒坐在宋律庭身邊的位子上，桌子上已經有人幫她倒了一杯茶。

秦苒一邊拿著茶杯，一邊看著桌子上的菜，離她最近的是水煮肉。

她看了一眼，也沒動筷子，只喝了兩杯茶。

廖院士等人在跟沐楠說話。宋律庭注意到她的異樣，他放下筷子。

「怎麼不吃？」

「不餓。」秦苒一手拿著杯子，一手撐著下巴看向沐楠，語氣隨意，感覺精神狀態不好。

宋律庭看了她一眼，不由得擰眉，只是沒多說。

雖然京城實驗室研究出了對抗Y3病毒的酶，之前秦苒也跟他說過沒事，但秦苒向來報喜不報憂，他確實有點擔心。

一頓飯沒有吃很久，不過半個小時。宋律庭提議提前散場，讓邢開開著他的車送沐楠回去，他自己陪秦苒在門口等程雋。

程雋在醫學實驗室處理後續的問題，來得很快。

吃完飯已經七點多了，天色漸漸轉黑，路邊的霓虹燈亮起，程雋從駕駛座下來，眉目雅致。

宋律庭一手插在口袋裡站在飯店門口，等秦苒上了車，他才看了程雋一眼。

程雋關上副駕駛座的門，也沒上車，往宋律庭這邊走了幾步。

「Y3有後遺症嗎？」宋律庭收回看向車子的目光，略微皺眉，「她晚上沒吃。」想了想，宋律庭又添了一句，「有水煮肉。」

聞言，程雋也整個人頓了一下，他抬頭，在飯店不太明亮的燈光下，鋒銳的眉目也溫和許多。

他跟顧西遲觀察了很多臨床病人，後遺症不算多，秦苒的體質也很好，之前還吃了不少實驗用藥，但聽宋律庭這麼說，他微微頷首，正了神色。

「我大概知道了，謝謝。」

＊

回到別墅，秦苒就上樓去書房開始看資料。

程雋走到廚房，跟廚師說了幾句，廚師愣了一下，然後又在原地轉了幾圈。

程雋回到書房，秦苒正坐在書桌前，嚴謹認真地分析今天實驗室的資料。他也沒打擾她，輕輕關上了門，等她忙完，才伸手從背後抱住她。

秦苒算完，才微側頭，「怎麼了？」

「苒姊，我們明天請個假？」程雋也沒放手，下巴微微低下，擱在她的肩膀上，「複檢。」

Y3複檢？

秦苒「喔」了一聲，「你還有時間？我只能請半天假，實驗室最近很忙。」

他們兩個的研究院都在動盪期，這段時間都很忙碌。

B計畫到尾聲了，她不太放心。

程雋輕輕笑了一下：「我樂意。」

秦苒在晚上九點後不吃飯，也懶得吃飯，下樓後，發現廚師只煮了清粥，還有兩個小菜，她倒是吃了一碗。

廚師捧著本子，嚴肅地站在她旁邊時不時看著她。

程雋坐在她身側，只看著她吃。

半晌，他才拿出手機，不緊不慢地傳訊息給顧西遲。

沒過多久，顧西遲的奪命電話就來了。

『學長，你不是說把小苒兒接回去，就過來實驗室嗎？』
手機那邊的顧西遲有些崩潰。
程雋看著樓上，懶洋洋地開口：「不了，實驗室你跟老師加油，我短期內不會常去。」
他又說了幾句跟實驗室有關的注意事項，就掛斷了電話。

＊

翌日，一大早，一院的幾個醫生就準備好了檢查室。
程雋說秦苒要複檢，院長程衛平這一行人如臨大敵，十分嚴謹。程雋陪秦苒在外面等著，一樣一樣等結果出來。
程衛平守在第一線，護士拿的結果他第一個收到，見到護士的臉色有些異樣。
「怎麼樣？秦小姐沒事吧？」
程雋也看向護士。
「啊？」被這兩個大人物看著，護士有些緊張，不過也很快回過神來，她把一張單子遞給程衛平，默默開口，「這兩位……可能走錯了科室。」
程衛平站在最前面，率先接過單子，都是醫生，看著單子上顯示的內容，他也頓了一下。

這裡的檢查儀器是不會出錯的。

「三少爺，您看。」

程衛平壓抑住心裡的驚喜，故作淡定地把單子遞給程雋。

程雋接過單子，看了一下。

「什麼？」秦苒湊過來。

程雋把單子塞到自己口袋裡，伸手把秦苒攬過來，似乎頓了下才開口。

「苒姊，我們先去另一邊。」

這一次，程衛平沒有跟著兩人離開，等兩人上了電梯，他才連忙從口袋裡拿出手機打電話給程溫如，忍不住嚷嚷。

「大小姐，大喜事啊！」

那一邊的程溫如正好處理完一份文件，被程衛平吼了一聲，差點把手機扔掉。她還來不及問是什麼喜事，程衛平下一句話就來了。

「家裡要添新丁了！」

程溫如「啪」的一聲掛斷電話，趕往別墅，程衛平也掛斷了手機，樂呵呵地笑著。

身側，小護士看了程衛平一眼，「院長，剛剛那兩位……」

小護士只聽到程衛平叫三少，心裡大概有了猜想。

「三少爺。」程衛平收起手機笑了笑，不由得感嘆，「京城裡，要出一位比雋爺還要爺的太子爺了。」

這個消息如同一陣風暴，席捲了整個京城上層。

這一年發生的事情太多，這個消息對於秦家、程家、徐家等人來說，是除了他們結婚之外第二大的喜事了。

別說在拍戲的秦修塵、言昔等人，連外出的五行都匆匆趕了回來。

程火站在門口等人的時候，他將手揹在身後，直接開口。

「肯定會遺傳少夫人的電腦技術，少夫人教孩子肯定會不耐煩，以後我教他電腦。」

「那我教他賣衣服？」程金若有所思地說，「雋爺肯定也不會管。」

「我只能教他打架了……」程木默默開口，總不能教人種花。

程水：「……」

有顧西遲、唐均、巨鱷、常寧這些人在……哪能輪到你們？

想到這裡，程水不由得擔心起秦小姐孩子的未來。

一個還沒出生，就被各路高手惦記的孩子。

——《神祕主義至上！為女王獻上膝蓋》全文完

高寶書版集團
gobooks.com.tw

CP018
神祕主義至上！為女王獻上膝蓋　第三部　4

作　　者　一路煩花
繪　　者　Tefco
編　　輯　林欣潔
封面設計　林檎
排　　版　彭立瑋
企　　劃　黃子晏

發 行 人　朱凱蕾
出　　版　三日月書版股份有限公司
　　　　　Mikazuki Publishing Co., Ltd.
地　　址　臺北市內湖區洲子街88號3樓
網　　址　www.gobooks.com.tw
電　　話　(02) 27992788
電　　郵　readers@gobooks.com.tw（讀者服務部）
傳　　真　出版部　(02) 27990909　行銷部 (02) 27993088
郵政劃撥　50404557
戶　　名　英屬維京群島商高寶國際有限公司台灣分公司
發　　行　英屬維京群島商高寶國際有限公司台灣分公司 / Printed in Taiwan
　　　　　Global Group Holdings, Ltd.
法律顧問　永然聯合法律事務所
初版日期　2025年3月

本著作物由瀟湘書院（天津）文化發展有限公司授權出版。

國家圖書館出版品預行編目(CIP)資料

神祕主義至上！為女王獻上膝蓋. 第三部 / 一路煩花著.-- 初版. -- 臺北市：三日月書版股份有限公司出版：英屬維京群島高寶國際有限公司臺灣分公司發行, 2025.03-
面；　公分. --

ISBN 978-626-7391-51-8 (第4冊：平裝)

857.7　　114000238

三日月書版

三日月書版